W0271493

L'arbre d'obéissance

DU MÊME AUTEUR

Chez le même éditeur

AIRE DU MOUTON, 2011

LA SALLE, 2015

LA MER C'EST RIEN DU TOUT, 2016

LA FONTE DES GLACES, 2017

Chez d'autres éditeurs

ANGLE PLAT, Hors Jeu Éditions, 2002

UN RANG D'ÉCART, L'arbre à paroles, 2003

START-UP, Le Quartanier, 2007

PRÉ OU CARRÉ, Éric Pesty Éditeur, 2015

Joël Baqué

L'arbre d'obéissance

Roman

P.O.L
33, rue Saint-André-des-Arts, Paris 6e

ISBN : 978-2-8180-4816-0
www.pol-editeur.com

« On n'allume pas une lampe pour la tenir cachée sous un boisseau, mais bien sur un lampadaire pour qu'elle éclaire. »

Matthieu, 5, 15

Seize printemps avaient succédé à quinze hivers et mon corps connaissait de curieuses impatiences quand l'Appel s'inscrivit en moi. En moins de temps qu'il n'en faut à une perdrix pour s'envoler, le monde bascula. C'est ainsi, la vie des hommes n'est pas un cours d'eau, elle coule vers le bas puis sans prévenir se prend à couler vers le haut. Je venais de rentrer le troupeau dans l'étable. Une des bêtes boitillait, j'allais devoir regarder ses sabots, palper ses pattes, peut-être la soigner. La nuit lentement s'affaissait sur les collines ; elle gagnerait Tillina puis emporterait chaque maison car il est dans sa nature de tout prendre, pareille en cela au jour auquel elle s'entrelace pour tisser notre vie et celle du monde. Elle pèserait sur le village comme la terre sur les défunts. Je songeais à Marya, j'aurais aimé que nos corps mettent leur chaleur en commun mais j'ignorais comment pareille chose pouvait advenir. Les chiens, les ânes, les chèvres s'accouplaient sous mes yeux qui très tôt virent la vie telle que créée par Dieu mais l'homme et la femme ne s'accouplent pas, ils se connaissent dans le secret des nuits. Avant cela ils doivent unir leurs regards, les doigts de leurs mains et leurs destins devant le prêtre. Leurs familles aussi doivent s'unir, ce qui n'est jamais chose aisée car chacune pense faire honneur à l'autre en daignant s'allier avec elle et la discussion des dots n'est pas moins longue et tortueuse que celle des traités entre empires. Depuis le dernier printemps je tentais de croiser le regard de Marya lorsqu'elle se rendait au puits mais toujours un parent la rappelait dès que j'approchais d'elle à moins de trente pas. Je pressentais qu'il avait changé à l'instar de sa silhouette, de sa démarche et de ses gestes, toujours aussi vifs mais puisés à une nouvelle source. Ce regard, je tentais de l'apercevoir dans l'eau du puits avant qu'il ne s'y dilue, tandis qu'elle s'éloignait après avoir précipitamment empli sa jarre. Je me hâtais ensuite de remonter un seau de cette eau à la surface encore frémissante et contenant un peu de Marya, serrant bien fort la corde que j'imaginais encore chaude du contact de ses paumes. Ce fut la seule chaleur que nous partageâmes, rêvée, mais certains rêves sont la preuve que nous avons vécu ou voulu vivre, ce qui parfois revient au même. À cette époque, juste avant la moisson, je pensais d'autant plus fort à elle qu'une de ses sœurs, une enfant aux gestes anguleux, l'avait remplacée. Elle semblait ne plus sortir de sa maison sinon peut-être lorsque j'étais absent. Je gardais en moi la ligne de ses sourcils, l'amande de ses yeux aux paupières baissées. J'en précisais les moindres nuances en mon esprit, j'en traçais le dessin au sol du bout de mon bâton tandis que les chèvres broutaient des broussailles à peine moins dures que la pierraille, laquelle formait un autre troupeau, infini et qu'aucun berger ne conduisait sauf parfois une tempête noire et hurlante, venue des montagnes pour soulever terre et sable jusqu'au ciel. Je prenais soin d'effacer mes dessins en partant car le désert est la demeure des démons et les images, même maladroitement tracées, peuvent les conduire jusqu'à ceux qu'elles évoquent. Le modèle de ces dessins demeurait en moi et malgré l'hostilité ou la prudence de sa famille, j'espérais pouvoir le confronter un jour à cette multitude de détails adorables rassemblés sous le nom de Marya.

Après avoir ôté une épine du pied de la chèvre boiteuse, je m'apprêtai à confier le troupeau au repos lorsque l'univers sombra dans le silence avec la même soudaineté qu'un enfant tombe dans un puits ou un vieillard dans la mort, sans terminer sa phrase. Épais, hostile, ce silence peupla instantanément la nuit de créatures sans nom. Choumaf se coucha en gémissant, posa sa tête entre ses pattes et se tut. Ce n'était donc pas un loup ou un chacal qui rôdait là, autour de l'étable. Les bêtes ne bougeaient pas, le bélier lui-même regardait droit devant lui, pétrifié telle une de ces idoles de bois qu'adorent les païens. Mon sang durcit dans ma poitrine, il se figea comme certains hivers l'eau du puits et comme celle, avais-je entendu de la bouche d'étrangers de passage, des lacs en montagne, au point que ceux-ci pouvaient être passés à pied si l'on n'était pas trop chargé. Il s'agissait bien évidemment de fables car la glace supporte à peine son propre poids, croyais-je alors, pareille en cela à l'homme à la fin de sa vie, puis-je affirmer aujourd'hui. Jamais je n'avais vu ni les bêtes ni Choumaf aussi immobiles et moi-même ne bougeais pas davantage qu'une cruche posée au sol. Le bruit de mon cœur sembla emplir tout l'espace, son battement lourd chassant les pensées qui auraient pu se former derrière mes yeux, fixés sur l'entrée noyée de nuit. La pensée me vint qu'il s'agissait là du début de la fin du monde. Terrifié, j'attendis que l'Archange fende le ciel d'un bout à l'autre en faisant s'effondrer toutes choses et périr toutes créatures au son d'une trompette plus dévastatrice que la somme de tous les orages s'étant jamais déchaînés. Une image vint s'interposer entre moi et ce silence qui semblait être un renoncement du monde à exister. J'imaginai que Marya était là, dans l'ombre, m'observant, comptant sur moi pour rompre ce silence, lui donner un nom, mais mon corps était devenu un lac gelé que son image traversa sans le fissurer. Me maudissant d'avoir d'abord pensé à Marya plutôt qu'à l'Éternel, je m'agenouillai pour me signer et dire précipitamment une prière. Ainsi les éventuels démons présents sauraient-ils que je me prévalais de Dieu et de Jésus-Christ – et Marya serait-elle fière de son Théodoret ! L'univers ne se déchira pas, il lui était donc accordé un nouveau sursis. J'attendis quelques instants encore avant de franchir le seuil de l'étable, peut-être pour laisser à ma prière le temps d'opérer, ou à mon cœur celui de faire moins de tapage. Je poussai Choumaf devant moi, non que je doutasse de la puissance du signe de croix et de la prière, mais peut-être s'agissait-il tout de même d'un loup, je n'osai penser à un lion, ils vivent au-delà des montagnes ; j'y pensai néanmoins car le comportement étonnant des bêtes et de Choumaf pouvait s'expliquer par l'odeur à eux inconnue et paralysante d'un fauve. Puis je me repris en me montrant confiant en la puissance du Seigneur. Choumaf ne paraissait pas effrayée, ce qui me sembla être de bonne augure quant à la présence d'un lion, mais comment les chiens réagissent-ils à celle des démons ? Peut-être par cette timidité que je lui voyais pour la première fois. Je me signai à nouveau car on ne saurait trop honorer l'Éternel. Je fis quelques pas sans rien remarquer. Soulagé, je m'apprêtai à fermer la porte de l'étable lorsque je vis les étoiles briller plus fortement, un frisson parcourir le ciel tandis qu'une voix retentissait en moi : Tu serviras le Seigneur. Je me jetai au sol, tremblant de tous mes membres et versant des torrents de larmes. Pas un instant je ne mis en doute l'origine divine de cette voix ni qu'elle m'enjoignait de gagner le monastère de Téléda, à quelques jours de marche de mon village, afin d'y servir le Seigneur. Ce n'était pas vraiment une voix. Je l'avais entendue non pas avec mes oreilles mais de toute mon âme. Le rugissement d'un lion m'eût paru bien moins réel. Ce que l'âme entend elle ne l'oublie jamais, aujourd'hui encore cette nuit vit en moi, aujourd'hui encore l'Appel y vibre ainsi qu'une de ces étoiles qui guident navires et caravanes à travers leurs destins d'eau et de sable.

Oui, le cours d'eau inversa son flot, il cessa de transporter ces innombrables choses qui le peuplaient ; le bol de lait caillé du matin, le rire de mes frères et sœurs, le troupeau, la douceur d'un somme dans l'ombre d'un figuier, la joie de courir droit devant soi simplement parce que l'on est en vie. Une silhouette, un visage aux paupières allongées y persisteraient avant d'être eux aussi presque totalement effacés. La couleur du regard de Marya ne m'importerait désormais pas davantage que le nombre d'écailles du lézard. Choumaf vint se frotter à mes jambes comme à son habitude, des bêlements sortirent de l'étable, à l'autre bout du village un chien aboya, l'univers reprit son souffle.

Mes parents étaient de bons coptes, très pieux et craignant Dieu autant que leur imagination le leur permettait. Ils croyaient au Royaume éternel, à la géhenne, mais ne crurent pas en l'Appel. Je tentai en vain de les convaincre de sa réalité. C'est donc par respect de Dieu et par amour pour moi, dont la prétention devait être extirpée de ma carcasse, que mon père m'administra la bastonnade, dont les vertus multiples faisaient partie de ses croyances les plus fermes. Je partis néanmoins dès l'aube pour rejoindre le monastère de Téléda, vite rattrapé par lui qui, ne craignant pas moins Dieu et ne m'aimant pas moins que quelques heures plus tôt, lorsque j'avais annoncé la grande nouvelle, me redonna du bâton. Quatre autres jours mon père démontra la force de son amour de plus en plus fermement tandis que je manifestais ma détermination de plus en plus bruyamment, heureux d'être un martyr. Chacun s'entêtait. L'un partait, l'autre le rattrapait. L'un donnait la bastonnade, l'autre la recevait. Ma mère pleurait, mes frères et sœurs ne riaient plus, Choumaf s'aplatissait au sol en regardant ailleurs. Mon entêtement ne paraissant pas devoir s'user davantage que le bâton, mon père décida de m'enfermer dans l'étable. La porte étant aussi solide qu'une galette de blé, je lui donnai l'occasion d'inscrire de nouvelles preuves de son amour au bas de mon dos. Ma mère pleurait de mon orgueil, de mon manque d'affection pour les miens, elle pleurait pour mon père que j'obligeais chaque matin à courir après moi sous les yeux de tout Tillina et, ajoutait-elle perfidement, de Marya dont la chaleur était désormais aussi loin de moi que les lions de notre étable. Elle n'eut aucun mal à faire entrer dans mon crâne, pourtant devenu aussi dur que celui d'un bélier, ce nom dont elle savait bien que mon sang savait l'épeler à sa manière, ce sang qui sait les choses sans en connaître le nom. Elle me fit miroiter une entente possible avec sa famille, des gens respectables et possédant un beau troupeau. Au bâton paternel se substitua le souple fouet de la langue maternelle qui me demandait si vraiment je préférais la compagnie des moines à celle de Marya. Ce fut là ma première tentation et j'y résistai, mon orgueil ayant sans doute part dans cette victoire bien davantage que ma foi. Je ne répondais pas, préférant me jeter au sol et prier bruyamment, assez content de ma spectaculaire détermination, exaspérant mon père et faisant à nouveau rire les enfants. Choumaf me léchait le visage, ce qui enlevait de la solennité à mes démonstrations de piété. Je criais que s'il m'avait été donné à lire et à écrire, contrairement à eux, c'était pour pouvoir déchiffrer les saintes Écritures et me rendre utile au monastère. J'étais donc prédestiné à rejoindre mes frères de Téléda. Ma mère hurlait que mes trois vrais frères étaient ici, avec mes deux vraies sœurs. Elle poussait devant moi ce petit troupeau de chevreaux et chevrettes en me désignant à eux comme celui qui voulait les abandonner. Le petit troupeau se mettait alors à pleurer et mon cœur se serrait, je prenais les deux plus jeunes dans mes bras en pleurant moi aussi. Puis je séchais mes larmes et affichais un air docte et serein qui rendait ma mère folle de rage et faisait sauter le bâton dans la main de mon père. Mais ma mère ne renonça pas à son travail de sape, elle enroulait son fouet autour de mes reins qu'il chauffait d'une tout autre manière que le bâton paternel. J'exorcisais l'image de Marya en me jetant à genoux pour prier, fermant mes yeux mais ayant du mal à clore aussi mes oreilles assiégées par les paroles de ma mère, véritable serpent tentateur. Je finis par rétorquer que je ne voulais pas d'une femme qui louche ou dont le regard était semblable à celui d'une chèvre, car sinon pourquoi garderait-elle toujours les yeux baissés, si ce n'était pour éviter à autrui le spectacle de cette disgrâce et parce qu'elle était honteuse d'être aussi repoussante, ajoutant que je prierais pour elle lorsque je serais moine afin qu'elle trouve un mari malgré ce malheur que pourrait peut-être compenser le beau troupeau de ses parents, des gens respectables.

Le père Paphnuce, à qui je devais de savoir plus ou moins lire et écrire, tenta lui aussi de me dissuader. Il ne mit pas en doute que j'avais entendu une voix divine, mais attribua mon interprétation à un manque d'expérience des messages célestes. Il me parla longuement, avec bienveillance, citant de nombreux Pères de l'Église. Je l'admirais et qu'un tel personnage me prenne au sérieux renforça ma détermination. Sur son conseil, mon père me conduisit à la hutte de terre sèche de Baradate, un ancien moine de Téléda vivant à distance du village, un solitaire, réputé se nourrir de pain dur, de fruits pourris et boire de l'eau croupie afin de ne pas prendre de plaisir à satisfaire les exigences du corps. Durant les deux heures de marche de notre trajet je fus transformé en troupeau à moi tout seul, poussé du bâton par un berger plein d'amour. Le ciel me parut moins immense qu'à l'ordinaire, je trébuchai souvent, la fatigue et les coups devinrent plus réels que les jours précédents. Je restais déterminé à répondre à l'Appel tout en me sentant moins exalté. Je n'avais plus aucune envie de me jeter au sol pour prier, les témoins manquaient, la chaleur pesait sur mon corps et sur mon esprit. Mon père alternait paroles destinées à m'attendrir, silences pesants et explosions de colère. Je ne répondais plus, accablé de fatigue, moulu par les coups de bâton.

Nous trouvâmes Baradate agenouillé sur le seuil de sa minuscule hutte, les bras en croix, la tête baissée. Ses haillons puaient, les mouches entraient et sortaient de ses narines, elles marchaient sur ses lèvres sans qu'un trait de son visage bougeât. Je soupçonnais qu'il était mort, tenant sa position grâce à cette rigidité que j'avais souvent vue à des bêtes crevées. Mon père fit le signe de la Croix et entreprit d'expliquer au saint homme la raison pour laquelle nous venions troubler sa retraite. Ses paroles étaient assez peu claires mais il n'était pas certain que Baradate fût encore de ce monde. Il est difficile de trouver les bons mots et la bonne intonation lorsqu'on s'adresse à un défunt, tout particulièrement lorsqu'on manie plus aisément le bâton que la langue. L'ermite ne réagit pas. Mort, il restait mort; vivant, il demeurait comme mort. Mon père s'excusa à nouveau de troubler sa solitude, seul le désespoir l'avait amené à pareille extrémité. Voici mon fils, mon aîné, un vaurien qui prétend avoir entendu une voix lui commander d'aller se faire moine au monastère de Téléda. Il faut des moines, bien sûr, mais il faut aussi des bergers, et puis des fils et des frères, compléta-t-il sur une inspiration qui parut l'étonner lui-même. Et il faut aussi des coups de bâton, ajoutai-je aussitôt, démontrant devant le saint homme ma capacité à prédire l'avenir immédiat. Mon père leva son bras pour me châtier de cette impertinence et moi les miens pour me protéger, mais il utilisa le bâton pour désigner, posés à même le sol, une poignée de figues couvertes de filaments blancs, un pain paraissant un peu plus dur que les cailloux du chemin, un bol d'eau croupie. Sans doute pensa-t-il que la perspective d'une pareille nourriture était de nature à remettre mes oreilles dans la bonne direction afin qu'elles n'entendent plus de voix intérieures. C'est alors que Baradate baissa ses bras décharnés, attestant qu'il vivait encore, du moins dans cette partie de son corps, et releva la tête. Il tourna son visage vers moi et me regarda, ou plus exactement ses yeux s'inscrivirent dans mon regard car lui n'avait plus de regard. Il n'avait pas perdu la vue, mais était devenu aveugle aux choses de ce monde. Ses yeux étaient vides. Ni bienveillants ni hostiles, simplement vides. Ils pouvaient voir mais aucun regard ne les habitait et cela fit bondir mon cœur d'effroi autant que d'admiration et d'amour, oui, d'amour ! Baradate avait lui aussi entendu l'Appel et il y répondait depuis une quarantaine d'années, priant et se mortifiant à cette même place. Cela ne dura qu'un instant car il se coucha, bras en croix, front dans la poussière. Il ne bougea plus et nous comprîmes que l'entretien était terminé. Nous repartîmes vers Tillina, profondément impressionnés par ce que nous avions vu et par ce que nous n'avions pas vu. Le visage de mon père m'évoqua une prairie mâchée par un troupeau. Je crus qu'il allait pleurer mais il se contenta de lâcher le bâton.

Mon calame chemine sur le papyrus où parfois, tôt le matin, apparaissent des figures, des entrelacements comme pour rappeler qu'il nous appartient de trouver la seule et unique source de lumière pouvant donner sens à ce théâtre d'ombres où nous errons. Entreprendre cette *Vie de Syméon* c'est croire aux heures qui me restent à vivre, croire à celles que je parviendrai à ramener du passé, certes travesties et alourdies par leur vêture d'encre, mais quels autres voyageurs que les mots peuvent arpenter les déserts du temps ? J'écris afin que l'avenir sache quelque chose du passé. C'est pour accomplir cette mission que moi, Théodoret, évêque de Cyr, lorsque les devoirs de ma charge me le permettent, je reviens où j'ai connu Syméon, ici même, dans ce monastère de Téléda où mon enfance se transforma en ce nœud de faiblesses qu'on appelle un homme.

Grec est mon calame car si la langue copte sait transformer les idées en paysages aux mille nuances, elle nourrit les bouches et les oreilles de ceux-là seuls nés en elle ou y ayant longuement vécu. Elle s'écrit peu, presque exclusivement pour se mettre au service de textes grecs ou latins, les transposant autant qu'il est possible de changer des travées de pierre en chemins ondoyants, des colonnades de marbre en troncs noueux. Le grec permet de transporter des mots sur toute la surface du monde habité, il est un véhicule trouvant ses routes dans chaque empire qu'éclaire le soleil et jusqu'en ces contrées où des enfants naissent avec les cheveux blancs comme ceux des vieillards, cheveux qui ensuite jaunissent. C'est là un de ces phénomènes indiquant que toute chose se précipite vers la mort tant elle se ressent de l'épuisement général de ce monde. Mes parents eux-mêmes me disaient combien dans leur jeunesse les chèvres donnaient davantage de lait, combien ce lait était plus riche et d'un goût meilleur ; les chevreaux venaient au monde plus gras et prospéraient mieux car l'herbe n'était pas aussi rare qu'aujourd'hui, même l'eau du puits était plus fraîche, plus limpide.

Mon calame forme des lettres aux amples cursives, signe d'un esprit velléitaire et désireux de susciter l'admiration de ses lecteurs, des lettres aux boucles d'encre accueillantes comme celles des cours d'eau où s'agrègent des alluvions puis des herbes, des joncs bientôt peuplés d'oiseaux criards, de rats furtifs, de couleuvres indolentes. Mon orgueil me fait tracer des phrases pareilles à des voiles abondamment gonflées, semblables à des affluents pouvant s'étirer sans fin. Après tant d'années, je reste sous le joug d'une facilité à accumuler des mots aussi vains qu'un tas de cailloux au fond d'un puits. Oui, je possède cette dangereuse capacité à aimer des phrases habitant ailleurs que dans les Écritures. Peut-être les mots choisissent-ils leurs serviteurs, peut-être m'ont-ils choisi, se laissant facilement apprivoiser par l'enfant que j'étais, lui apportant des satisfactions ignorées des siens pour mieux l'enchaîner à eux. Les voies du Seigneur sont impénétrables, peut-être est-ce là mon rôle de toute éternité. Peut-être le père Paphnuce s'installa-t-il à Tillina car il me fallait apprendre à lire et à écrire afin de pouvoir témoigner de façon durable, le moment venu, de ce que réalisa Syméon. Nous étions une poignée d'enfants auxquels il enseigna des signes soumis à l'homme, très différents de ceux annonçant le vent, la sécheresse, la pluie, la présence d'un prédateur, les seuls pouvant être déchiffrés par nos parents.

Nous ignorerons à jamais ce que Dieu sait de toute éternité car il est le Créateur incréé et nous marchons vers notre mort terrestre sitôt que nés. Nous vivons pour mourir et mourrons pour vivre la félicité ou le tourment éternels. C'est là la seule chose qu'il convient de savoir, tout comme aimer Dieu est la seule chose à faire.

La cloche du monastère vient d'appeler au deuxième office de nuit, j'entends le glissement des sandales des moines dans le couloir. Je vais les rejoindre pour tenter de prier et laisser mes pensées ici, dans cette cellule. Mes membres ont perdu force et souplesse, à trois coudées mes yeux voient aussi faiblement que l'âme d'un païen la Vérité. Au terme d'une vie consacrée à l'Esprit saint il me faut encore lutter pour m'abîmer dans la prière, me réfugier là où l'âme se fond dans les formules sanctifiées comme le temps dans le temps. En cela, l'anneau épiscopal ne me sert de rien. Cet anneau et les pouvoirs qu'il confère, les responsabilités qui s'y rattachent, je ne les ai pas recherchés, je les ai acceptés et je fais de mon mieux pour servir l'Église. Il est vrai que mes sermons ne sont pas les plus médiocres à être prononcés de ce côté du monde et qu'affermir la foi des croyants selon la seule et véridique doctrine, à cette heure où les hérésies se multiplient, passe aussi par le pouvoir des mots à marquer les esprits. Et j'aime, oui, j'aime faire miroiter devant une vaste assemblée les délices du Royaume de Dieu puis donner à voir les tourments de la géhenne éternelle car chacun doit savoir ce qui l'attend selon qu'il vit ou non dans la voie agréable à Dieu. Je dois de porter l'anneau épiscopal à mon combat contre les hérésies, à ma capacité à écrire et prononcer des sermons mais aussi à celle de parler aux solitaires, du moins à ceux pouvant être approchés car beaucoup sont si farouches qu'il en est d'eux comme des bêtes sauvages, promptes à disparaître dans quelque trou ou fissure avant même de pouvoir être aperçues. Ceux-là se sont débarrassés de l'inessentiel, le vide du désert comble le seul désir qui leur reste, brûler en Dieu. Certains ascètes, et Syméon fut le plus grand de ce temps, peuvent influencer les foules, trancher des conflits entre puissants, éviter la guerre ou favoriser la paix. Nombre d'entre eux échappent au contrôle de l'Église ; or il est bon de connaître ceux dont les propos ou l'exemple seraient de nature à écarter les chrétiens de la vraie foi. Ceux qui me conférèrent cette charge connaissaient mon ambition de témoigner de l'élection de Syméon mais de celle aussi d'autres solitaires dont je connais le langage, souvent tissé de phrases obscures, d'actes parfois difficiles à interpréter et le plus souvent d'un silence qu'il convient de laisser entrer en soi pour en percevoir la justesse. Il importe que ces paroles, ces actes, ces silences soient rapportés selon l'exigence de vérité de notre sainte Église. J'aime à rencontrer ces ascètes seul à seul et me réjouis que mon grand âge me dispense le plus souvent d'accompagner telle grande dame ou tel sénateur romains auprès d'un stationnaire ou d'un stylite, étape obligée d'un périple au cours duquel ces notables auront visité Alexandrie, observé les grands lézards verts du Nil et se seront extasiés devant les gigantesques tas de pierres païens en forme de gâteaux de miel de Gizeh avec plus d'intérêt qu'ils n'auront visité les cités quasi célestes d'Antinoé et d'Oxyrhynchus. Pourtant, un tombeau même aussi haut qu'une colline n'est qu'un amoncellement de blocs de pierre, un lézard, même géant, qu'un lézard, une créature absolument stupide, alors que rares et merveilleuses sont les villes dont chaque recoin, chaque sous-sol, chaque anfractuosité des murailles sont occupés par un homme cherchant Dieu. Entourée de dizaines de monastères, Oxyrhynchus est sans doute la plus proche d'une cité céleste car elle abrite dix mille vierges sagement recluses et vingt mille anachorètes. L'air y est plus pur que sous les grands cèdres qui croissent dans les montagnes, et les anges, dit-on, la survolent fréquemment pour se réjouir de cette oasis de ferveur.

Il est temps de me rendre à l'office en suivant le long couloir aux dalles de pierre sombre, moins sombre néanmoins que ces ombres en moi lorsque je songe à la violence de Syméon envers lui-même et, sinon peut-être en ses dernières années, à sa parfaite indifférence à autrui. Les exploits des saints au désert frappent les imaginations, notamment celles des enfants et des hommes jeunes. De nos jours les formes d'ascèse les plus spectaculaires sont aussi les plus prisées et nul ne saurait être indifférent à la vision d'un stylite. Ces saints sont les héros de notre foi, et je ne peux éluder que cette *Vie de Syméon* contribuera à susciter des départs au désert, des ascèses extrêmes. Toutefois, je dis ici qu'il existe aussi des saints suivant une voie toute de méditation, modestes et anonymes à jamais, non parce qu'ils vivent retirés en des lieux inaccessibles mais parce qu'ils se souviennent que Dieu fut d'abord Verbe, et Son Fils amour et compassion.

Je retrouve mon fauteuil de bois noir, ma table de travail. La prière des moines a soutenu la mienne. Je sais que nombre d'entre eux veillent à présent comme moi dans le secret de leur cellule, non pour écrire mais pour prolonger leur oraison ou pratiquer quelque austérité visant à châtier leur corps. Sans nul doute Syméon est-il un parfait modèle pour qui cherche Dieu dans la souffrance. Il fut souvent qualifié de grand prodige de la terre habitée, de phare dressé au milieu de l'univers. Cela est incontestable, sa renommée rayonna jusqu'aux confins de l'Empire des Romains et au-delà, chez les Perses, les Mèdes, les Éthiopiens, les Scythes, les Arméniens, les Ibères. Le sirocco et le khamsim portèrent ses exploits chez les peuples qui hantent les lisières du désert, ces nomades aux noms imprononçables, aux peaux habitées par la nuit et qui, pour lui, renoncèrent à leurs idoles. Son nom s'est inscrit dans l'esprit des hommes de son temps comme l'alternance des saisons, le mûrissement du blé, la mort inéluctable. Semblable à une source d'eau vive, il suscita de nombreuses vocations. C'est ainsi qu'aujourd'hui, de Nisibe à Byzance, de Nicée à Éphèse, des dizaines de stylites s'élèvent au sommet de tiges de pierre. Beaucoup d'entre eux, ayant présumé de leurs forces, en redescendent après quelques semaines ou quelques mois. Il s'en trouve aussi dont l'ascèse n'est que pure extravagance. Ainsi Antioche frissonne-t-elle depuis quelques semaines du cas d'un certain Alype, lequel vit sur une colonne dominant la ville. Cet Alype n'aurait que sept ans, oui, sept ans ! et ses premières dents ne lui sont pas encore toutes tombées ! C'est donc d'une hauteur de plusieurs coudées qu'elles tomberont et sans doute des palmiers chargés de dattes parfumées à l'encens pousseront-ils en une nuit à l'endroit où auront chu ces dents comme autant de graines miraculeuses ! Sans doute aussi cet enfant cria-t-il Alléluia ! en venant au monde et ses premiers compagnons de jeu furent-ils des chérubins ! Et il ne fait aucun doute que dragons et lions se bousculent afin de lui lécher les pieds ! J'ai dépêché un émissaire afin de déterminer ce qu'il en est de cet Alype : enfant touché par la grâce ou plus probablement frappé d'une démence précoce, manipulé par les démons ou démon lui-même. Il conviendra de voir s'il fait ou non le signe de la Croix et comment il y réagit ; peut-être passera-t-il alors directement de sa colonne au bûcher, accompagné de ses parents et des complices de son imposture.

Je souscris pleinement aux paroles de Maroze, le nouveau patriarche d'Antioche qui, ayant constaté les macérations extrêmes d'un stylite de la région de Harran, jointes à une privation d'eau et de nourriture le conduisant à une mort certaine, lui conseilla de se faire remettre une épée et de se tuer puisqu'il souhaitait tant mourir. Maroze ajouta, avec perfidie selon les uns, avec justesse selon moi, que sans doute il hâtait la fin de son existence terrestre afin d'échapper à une ascèse à peine moins rigoureuse que celle qu'il menait mais qu'il aurait dû poursuivre année après année et de ce fait infiniment plus éprouvante car c'est une chose de souffrir quelques semaines pour acquérir une renommée, une autre de résister tout au long d'une vie. Maroze est un homme aux abords arides, aux paroles souvent piquantes, pareil à un de ces candélabres du désert couverts d'épines car en dedans de lui s'ouvrent des cavernes pleines d'un suc de vie, gonflées d'un amour profond pour le Christ. Ce stylite nommé Hilarion a probablement surestimé sa capacité à mourir au monde et son orgueil ne voit d'autre issue qu'en un lent suicide public. Il aura échoué à faire comme les cactus qui, privés d'eau, exposés à une chaleur sans merci, se boivent eux-mêmes. Le solitaire qui n'a pas accumulé assez de foi ne peut s'abreuver et se nourrir de lui-même lors des épreuves qu'inévitablement il subira. Loin de moi la volonté de moquer cette soudaine floraison de stylites, elle est la preuve que le cercle de lumière que dispensa Syméon éclaire le monde et continuera à vivre à travers d'autres solitaires, tout comme Antoine suscita le départ au désert de milliers d'ascètes et Pacôme initia la vie monastique.

Syméon fut un précurseur comme en leurs temps ces deux saints aux vies exemplaires, aux ascèses mémorables. Il fut le premier à monter sur une colonne pour unir les contraires car un stylite est tout à la fois un stationnaire, puisqu'il demeure immobile sur sa plate-forme, et un reclus, car circonscrit en un espace restreint. Cette forme d'ascèse, je lui donne ici le nom de stylitisme;

Syméon fut le premier stylite et donc l'inventeur du stylitisme par la grâce d'une inspiration divine, sans quoi rien de grand ne saurait advenir.

Les foules massées autour de sa colonne levaient la tête pour le contempler tandis que lui-même gardait les yeux rivés au ciel. Innombrables ceux qui assistèrent à son ascèse car sa dernière colonne fut érigée près de Qala'at Sema'a, village situé au nord-est d'Antioche, en surplomb de la voie par où venant d'Apamée on se rend en Asie Mineure, route quotidiennement empruntée par des centaines de personnes. Ce n'est pas amoindrir ses mérites qu'indiquer qu'elle était idéalement située pour être vue de loin par de nombreux voyageurs. Sa réputation attira à lui des quantités de pèlerins qui entreprirent un long, un éprouvant trajet pour admirer le stylite aimé de Dieu. Les femmes étaient cruellement déçues de n'être pas admises dans la proximité de la colonne car c'était là la volonté de Syméon, que fit respecter Antoine, son plus fidèle disciple. On rapporte que certaines furent assez téméraires pour se déguiser en hommes afin de l'approcher au plus près. La densité de cette multitude rend la chose plausible. Moi-même je fus oppressé par l'immense foule qui se pressait au pied de sa colonne, caravaniers, fellahs, marchands, esclaves, villageois, brigands, moines, étrangers fortunés. Si l'on rapporte cette quantité de personnes aux quarante-quatre années d'élévation de Syméon, on arrive à un nombre supérieur à la population de toute la Syrie. J'ai personnellement dénombré un jour treize cent cinquante-huit individus. Il y en avait bien davantage mais arrivé à ce nombre je cessai de compter une foule aussi nombreuse et mouvante. Je peux également affirmer avoir compté mille deux cent trente-quatre métanies successivement accomplies par le saint, lequel pouvait toucher ses pieds avec son front tant il était décharné. Je vis des hommes se battre pour déposer une offrande dans la corbeille reliée à la plate-forme par une cordelette que Syméon hissait tous les deux jours pour y prélever ce qu'il faut de nourriture afin de se maintenir en vie. Le délabrement de son corps faisait de ce moment une épreuve, chaque traction exigeant de lui un effort épuisant alors qu'un enfant eût accompli cette manœuvre avec la plus grande facilité. Cette petite nacelle d'osier ne contenait que très peu de pain, trois ou quatre poignées d'herbes sèches, quelques fruits secs. Il se contraignait aussi à l'accompagner dans sa descente car aucun effort n'était si minime qu'il ne lui coûtât une grande fatigue. De la même manière, il montait et redescendait tous les matins la cruche d'eau qu'Antoine veillait à remplir. Il arrivait qu'un asticot tombe du sommet de la colonne ou soit trouvé dans la corbeille. Certains s'en emparaient comme d'une relique car cette vermine s'était nourrie de la chair vive du saint, d'autres entreprenaient de la restituer à Syméon. Il leur fallait alors gravir les barreaux de l'échelle et, parvenus à son dernier échelon, poser l'asticot sur la plate-forme afin qu'il rejoigne les siens. Syméon tendait parfois la main pour recueillir le ver et, à la toute fin de sa vie, remercier celui qui le lui avait restitué. C'était là un privilège recherché. Ceux ayant vu de près Syméon étaient touchés à leur retour, saisis, pressés de questions alors même qu'ils n'avaient pas encore mis pied à terre. Avaient-ils croisé son regard, effleuré son corps ou son linge ? Le saint avait-il parlé ? Était-il vrai qu'un ange se montrait lorsqu'on parvenait au niveau de la plate-forme ? Pour ma part, et sans vouloir minimiser ce moment inoubliable que les élus emporteraient en leur cœur et qui constituerait désormais le nouveau centre de leur existence, je crois devoir dire qu'ils retenaient surtout l'effroyable odeur émanant des plaies de Syméon, la vision de ces infections dont il réchappa je ne sais comment, le bourdonnement des mouches, le grouillement abject des vers, le contact brûlant de la plate-forme, une sensation de vertige et de chute imminente lorsqu'ils gravissaient puis descendaient la frêle échelle. Bien sûr ils ne diraient rien de tout cela, préférant se souvenir de chants célestes, d'anges plus brillants que le soleil et autres fariboles.

Sa dernière colonne, où il se tint seize ans sans jamais la quitter, était haute de trente-six coudées et j'eus le privilège d'accéder à plusieurs reprises à la minuscule plate-forme où jour et nuit il priait, debout ou agenouillé. Ce plateau bordé d'un balustre était si étroit qu'il ne pouvait s'y allonger. À chacune de mes visites, je me brûlais en y posant les mains. Le soleil de Qala'at Sema'a est féroce et la pierre de ce plateau avait été choisie pour sa capacité à concentrer la chaleur. Je vis des asticots grouiller dans ses ulcères. Syméon dégageait une insoutenable odeur de pourriture, un fumet de cadavre auquel je ne pus jamais m'habituer bien que la seule puanteur à craindre soit celle de l'âme, non celle du corps. Nombreux ceux qui redescendirent l'échelle au plus vite en suffoquant et pour certains en vomissant leurs entrailles. À ma première visite je voulus ôter les vers qui y grouillaient malgré ma répugnance, mais Syméon me demanda de les laisser en leur demeure afin qu'ils continuent à se nourrir de ce que Dieu leur donnait. Proche en cela des brouteurs, dont je dirai peut-être quelques mots plus tard, il resta désireux de ne rien corriger de ce qui provient de l'Éternel. Nul, les ayant vus et sentis, n'oubliera ces ulcères couverts d'une sorte de cataplasme monstrueux, mouvant, noir aux reflets verts. Ces vallées de chair vive, les mouches y paissaient en troupeaux compacts et l'ermite était leur pasteur. Pour ma part, ma vie aura été enveloppée d'un inconsistant nuage de mots, lesquels, selon les critères de la vie ascétique, ne sauraient rivaliser avec le plus mince attroupement de mouches. Syméon était couvert de plaies dues à l'immobilité de ses membres, aux frottements de la peau contre le balustre, aux austérités qui le rendirent si maigre que la minuscule plate-forme où il se tenait semblait spacieuse, vue d'en bas. Ses yeux purulents, sa peau écailleuse là où elle ne se déchirait pas, ses chevilles gonflées, sa maigreur extrême témoignaient du combat qu'il mena contre son corps, maintenu entre ciel et terre plus de quatre décennies, à quoi s'ajoutent de nombreuses années d'une ascèse moins novatrice, mais non moins féroce, pratiquée au sol.

À chacune de mes visites, je reconnus l'élection de Syméon et redescendis l'échelle, accablé par l'insignifiance de ma foi. Aujourd'hui, si je reste impressionné par celle de Syméon, par sa puissance et ses effets sur des foules immenses, je m'interroge sur sa nature. Pourtant je n'ignore pas que plus d'une fois le Chef de l'univers a inspiré des conduites insolites ou même scandaleuses à ses prophètes. Ainsi a-t-Il commandé à Isaïe de se présenter nu aux yeux de tous, à Osée de prendre pour épouse une prostituée. Il faut parfois un spectacle saisissant pour que la foi puisse entrer en certaines âmes de médiocre qualité ou s'y fortifier. Changer le monde exige de changer le cœur de l'homme en l'ouvrant à la Vérité. À travers Syméon, Il a d'abord fait exister un spectacle dont l'étrangeté a attiré des foules immenses et, plus tard, fait agréer aux visiteurs les exhortations qui leur étaient adressées du faîte de la colonne. Celui venu voir un spectacle s'en retournait instruit dans les choses divines selon la fertilité de son âme. Il doit en être ainsi, oui, il le faut car sinon comment louer ce sommet d'individualisme et cette indifférence abyssale à ses contemporains dont fit preuve Syméon, héritier en cela de tous les grands ascètes ?

Celui qui fait le choix de la voie ascétique doit mourir au monde. Il doit abandonner les siens, quitter sa cité ou son village, oublier quels furent ses désirs, s'oublier lui-même. Les démons prennent souvent les visages de nos souvenirs, il est donc nécessaire d'effacer ce qui fut pour qu'advienne un homme nouveau. Oui, celui-là doit non seulement oublier ceux qu'il aime, renoncer à ses biens, éradiquer toute pensée autre que celle de l'Éternel mais aussi briser les chaînes qui le tiennent captif de son corps. Quelques chèvres, quelques mesures de grains suffisent à réduire leur possesseur à sa crainte de tout perdre ; de prolifiques troupeaux, d'abondantes récoltes engloutissent l'âme dans un désir de richesses croissantes. La sécheresse détruit les récoltes, les loups et les épidémies déciment les troupeaux ; le souci de ses biens et de son corps détruit les âmes. Il lui faut également fuir le sommeil, non pour sauvegarder ses biens terrestres en veillant, inquiet, attentif aux bruits de la nuit, mais pour ne rien sauvegarder de l'homme qu'il fut et demeure, aussi éloigné de la Jérusalem céleste que le silence du tonnerre.

Au chapitre du renoncement aux biens matériels, l'exemple de Macaire brille comme une parabole en acte, le témoignage d'une éblouissante humilité. Sa vie est riche en anecdotes dont il m'arrive d'orner mes sermons, et celle-ci brille tel un joyau des temps anciens, ces temps d'il y a bientôt cinq siècles, ces temps qui connurent la présence sur terre du Christ. Alors qu'il accomplissait son ascèse près du village de Scété et bien que sa cabane ne recelât aucun bien de valeur, des voleurs s'y introduisirent pour dérober le peu qu'il possédait, une écuelle, une cruche, une paillasse, un cilice en fibres de palmier, une croix. Après les avoir observés s'emparer de toutes ses possessions, Macaire, loin de s'affliger, les suivit pour leur remettre une paire de sandales qu'ils avaient oubliée !

Mourir au monde. Homme nouveau. Lorsque l'Appel me parvint je connaissais ces mots. Le père

Paphnuce les faisait sonner dans notre minuscule église, il nous les dictait quand le soin des bêtes et autres innombrables contraintes le permettaient. Ces mots, si je les connus encore enfant, je ne les compris que bien plus tard lorsque je m'engageai dans la voie ascétique, luttant continuellement contre le sommeil, soutenant mon corps d'un peu de pain et d'herbes sèches, d'eau et de quelques gouttes d'huile. Mais ce ne fut là qu'une mince parenthèse dans ma vie monastique, cette existence collective qui, tout au contraire, fut pour Syméon une brève étape dans sa quête de Dieu. Mon corps et mon âme s'effritèrent rapidement dans la solitude et je réintégrai le monastère pour recouvrir mes forces, les unir à celles de mes frères. Après seulement quatre saisons passées dans le désert je retrouvai avec soulagement ma cellule, mon calame, les allées ombragées du monastère, la routine d'une règle certes exigeante mais ô combien moins dévorante que celle du désert ! Vivre en un lieu calqué sur le modèle de la cité céleste convient mieux à ma nature, semblable à celle du lierre dont l'élévation, lente, tortueuse, nécessite un support.

Parviendrai-je à témoigner de la vie de Syméon en m'effaçant derrière les mots, en simple ouvrier qui construit une châsse à plus grand que lui ? Il m'arrive de penser que si je tente de contribuer à la postérité de Syméon c'est aussi pour l'y accompagner, pour être celui dont le témoignage l'emportera sur tous les autres. Est-ce là orgueil ou exigence de vérité ? Quoi qu'il en soit, il me suffit de convoquer en mon esprit ce que mes yeux ont vu, de l'écrire sans rien ôter ni ajouter. Ce que réalisa Syméon est si prodigieux qu'il n'est nul besoin de lui attribuer des miracles pour frapper l'esprit du lecteur. Jamais il n'eut à transformer des serpents en bâtons, à voler dans les airs ou se faire lécher les pieds par un lion. Je le répète, innombrables ceux qui le virent pratiquer d'interminables oraisons, s'infliger des mortifications propres à terrasser tout autre que lui.

Il est possible que de nombreux récits prétendant témoigner de sa vie soient rédigés avant qu'advienne la fin du monde, laquelle est la seule chose certaine ici-bas. J'ignore si j'assisterai au terrifiant spectacle de la voûte céleste se fendant au son des trompettes divines, mais je poursuivrai ma mission comme si l'humanité pouvait encore être épargnée une ou même plusieurs générations. Je ne doute pas que ces autres *Vies de Syméon* seront le fruit de nobles motivations, d'un louable désir apologétique, mais il m'apparaît aujourd'hui que l'Appel qui me parvint alors que j'avais traversé seize printemps, et donc aussi quinze hivers puisque les saisons ne changeront qu'au jour du Jugement lorsque l'été et l'hiver, le printemps et l'automne, unis en une seule et ultime saison, s'abattront de concert sur la Terre entière, il m'apparaît de plus en plus clairement que ce qui me conduisit au monastère de Téléda, où je connus Syméon en son jeune âge, m'a rendu le plus apte à témoigner de sa vie. Je ne l'ai pas connu à travers des mots passés de bouche en bouche mais à travers des nuées de mouches, des plaies à vif et au contact de son incommensurable altérité. Je le répète, je n'écris rien d'autre que les faits en leur pleine et entière vérité. Las, il est à prévoir que nombre des auteurs de ces *Vies de Syméon*, à venir ou déjà rédigées, ne l'auront que fugitivement observé, noyés dans la foule dont ils rapporteront les exagérations et balivernes. Ils se feront les porte-parole de témoins aussi crédibles que des conducteurs de chameaux ou des marchands d'étoffes. Certains en auront entendu parler depuis une lointaine province où ils laisseront leur imagination leur dicter ce que leurs yeux n'auront pas vu, leurs oreilles pas entendu.

Syméon offrit le spectacle d'une foi inégalée sinon par quelques autres saints aux noms désormais indissociables de la chrétienté et par ceux, en nombre inconnu, ayant vécu sous le seul regard de Dieu. Ces anonymes, leurs existences resteront à jamais ignorées de tous. De temps à autre il s'en découvre, morts, vivants ou le plus souvent dans un état intermédiaire. Ils frappent de terreur ceux qui les voient car ils n'ont plus apparence humaine, étant couverts de cheveux et de barbes comme d'un pelage, ayant perdu l'usage de la parole. Il en est priant Dieu depuis un trou d'où ils élèvent les bras vers le ciel, de sorte que leurs mains forment d'étranges excroissances sortant de terre. D'autres élisent demeure au creux d'un buisson d'épineux, entre deux roches, dans une caverne. Un de ces solitaires fut récemment découvert dans un affluent du Nil, tapi au cœur d'un îlot couvert de roseaux où il se laissait saigner par les sangsues, dévorer vif par les moustiques, chaque morsure, chaque piqûre allumant un cierge en ce lieu où rien n'est censé prévaloir que les mérites acquis. Son aspect indiquait assez bien qu'il demeurait caché là depuis de nombreuses années, pâtissant et priant sans relâche. Sans doute se nourrissait-il d'herbes et de larves, d'insectes et de poissons crevés. Sa peau était entièrement déchirée par les moustiques qui en cet endroit forment des tourbillons rendant ces marais inhospitaliers même aux esclaves en fuite. Son corps n'était plus qu'un charnier de souffrances. La vision de son visage gonflé comme une vessie de porc ensanglantée fit d'abord croire aux soldats l'ayant trouvé qu'il était une créature démoniaque. Lorsqu'ils comprirent qu'il s'agissait d'un solitaire, ils se retirèrent en se signant, avant d'être eux-mêmes déchirés par les moustiques qui parvenaient à les piquer à travers leurs tuniques. Non moins méritants qu'Antoine, Pacôme ou Syméon, quoique n'ayant pas contribué à l'édification des hommes, ils semblent faire exception à cette citation de l'Évangile selon saint Matthieu : « On n'allume pas une lampe pour la tenir cachée sous un boisseau, mais bien sur un lampadaire pour qu'elle éclaire. » Cette citation, Syméon en fut l'illustration exemplaire.

Je partis le lendemain de la visite à Baradate, abandonnant ceux que j'aimais et qui m'aimaient. Mes parents s'étaient inclinés devant l'inéluctable. J'embrassai les enfants dans leur sommeil et ce fut là écarteler mon cœur en autant de morceaux qu'il y avait de frimousses alignées sur la paillasse. Choumaf me suivit en trottinant à sa manière, le museau pointé droit devant elle, balançant sa queue comme un ostensoir. Je tentai sans succès de la chasser en lui lançant des pierres. Voyant dans cette obstination une tentative des démons d'agir sur moi, je m'interdis de lui donner une dernière caresse, celle qui de mon cœur ne passa pas dans mes mains, c'eût été ne plus penser à Dieu et lui préférer un animal, ne fût-ce qu'un instant. Certes, je ne doutais pas que sa seule affection ait motivé son insistance à ne pas me quitter, ainsi font les chiens qui vivent dans notre odeur et dans notre voix, mais je savais que pour les démons il n'y a pas de petite victoire, ils sont comme l'eau dont le pernicieux goutte à goutte finit par engloutir les plus profondes vallées ; peut-être l'un d'entre eux avait-il mis cette affection éplorée dans le regard de la chienne. Je restai ferme, bien décidé à fermer mon cœur à tous et à tout car on n'accueille pas Dieu dans un repli de son âme se trouvant être resté libre. J'avais fait mes adieux aux miens, aux bêtes et à Choumaf, au puits et aux pâtures, au ciel de Tillina et aux cailloux parsemant ses alentours, il n'y avait pas à revenir là-dessus. Longtemps elle me suivit, tenta une dernière fois de se frotter à mes jambes puis s'en retourna. Si Marya m'avait accompagné je ne lui aurais certes pas lancé des pierres, mais que serait-il advenu ? Si réellement ma destinée était de porter témoignage de la vie de Syméon, Marya ne pouvait devenir davantage que quelques traits tracés au sol, une chaleur jamais ressentie autrement qu'en rêve. Je relis cette phrase et constate avec amertume mon impertinence car Dieu peut tout. Il aurait pu faire de Marya l'instrument me conduisant à Syméon, ou tout autre chose qu'il Lui aurait plu de faire advenir.

J'emportai du pain, des fruits secs, du fromage, de l'huile et de l'eau. J'emportai aussi des souvenirs que je devrais abolir pour accroître la clarté et la force de mon âme, faute de quoi ils se transformeraient en regrets, les regrets en faiblesse, la faiblesse en échec. L'amour du Christ parfumait mon sang comme les matins parfument jusqu'aux épineux qui chez nous hérissent la poussière et sans doute aussi la langue de notre peuple, si proche des paysages où elle est née. Les démons s'employèrent à troubler ma première nuit. Ils creusèrent dans mon sommeil un puits dont l'eau portait un regard auquel je pus, pour la première fois, mélanger le mien, mais je m'éveillai en sursaut lorsque ce miroir d'eau s'élargit aux dimensions de l'univers, c'est-à-dire aux dimensions infinies de mon cœur, lequel n'avait battu que seize printemps, ce qui est peu, et aussi quinze hivers, ce qui n'ajoute pas grand-chose, mais c'était assez pour qu'il ne lui suffise plus de battre pour lui seul.

La piste conduisant au monastère de Téléda traverse la plaine de Kefteen. Un désert appelé plaine pour d'immémoriales et obscures raisons; peut-être les hommes l'ayant nommée, plus rudes que ceux d'aujourd'hui, réservaient-ils le mot *désert* aux étendues absolument stériles, dépourvues du moindre végétal, hostiles même aux cactus ; peut-être était-ce en des temps où des chèvres trouvaient encore à y paître. Rien n'atténue la chaleur accablante de cette plaine désertique ; ni l'Euphrate, bien trop éloigné, ni les montagnes qui vibrent au loin, prises elles aussi dans l'écrasante respiration des journées. Seuls quelques arbustes rompent çà et là l'accablante horizontalité. Ce désert n'aime pas la vie. Il aime les roches, les cailloux, la poussière et les ossements que suscite sa haine du mouvement. Sa lumière n'éclaire pas, elle déchire les yeux. Le ciel y blanchit de chaleur, les ombres s'y calcinent, l'homme apprend à s'y connaître ou meurt. Il est ce lieu où toutes choses trouvent leurs limites. Les voies de Dieu sont impénétrables, le désert est son labyrinthe. Les corps les plus aguerris s'y consument comme un buisson de genévrier. Nul ne peut s'y confronter longtemps si son corps ne devient pas tel un caillou, si sa foi ne devient pas une flamme brûlant tout ce qui n'est pas elle. L'âme s'y polit jusqu'à se dissoudre dans la clarté divine ou s'effrite comme la joie dans le regard des vieillards. Celui venu rencontrer Dieu n'y trouve le plus souvent que ses propres limites. Le temps lui-même n'y peut rien, il n'est que le véhicule de nos efforts comme l'eau celui du poisson qui glisse vers son destin, le ciel celui de l'oiseau qui vole vers son anéantissement ainsi que toutes choses en ce monde.

Je progressai vers l'oasis d'Ir Enin, songeant à Baradate, l'ermite sans regard qui avait vaincu la soif, la faim, l'épuisement, la douleur, la chaleur, les tentations. Dès le second jour je marchai le plus possible de nuit, luttant pour ne pas abandonner en chemin les deux outres vides et boire en une seule fois l'eau restante. Aucun démon ne me harcela en journée, sans doute le désir de satisfaire ma soif et de prendre du repos emplissaient-ils entièrement mon âme au point d'en exclure la pensée de Dieu. J'étais déjà leur proie, mes ossements bientôt blanchiraient au bord de la piste, mon âme leur reviendrait sans qu'ils aient eu à la conquérir. Il n'y avait que quatre jours de marche jusqu'à l'oasis mais j'y parvins à bout de forces. C'était une petite oasis, un lieu d'étape où l'on ne séjournait pas longtemps, ombragée de palmiers et de quelques pins, n'offrant que trois cabanes de terre sèche et de branchages intactes, un seul abreuvoir. J'y trouvai des nomades aux ânes chargés de marchandises. Ils oignirent mes brûlures, m'offrirent des dattes, un morceau de viande séchée, des fèves et du pain étrangement parfumé. Sans doute venaient-ils d'au-delà de Mossoul et se dirigeaient-ils vers Antioche. Ils parlaient une langue dont chaque mot déchirait leur gorge, s'y accrochait jusqu'à ce que le suivant l'expulse en une sorte de râle comme on en entend aux agonisants ou aux oiseaux des marais. J'aurais aimé pouvoir leur demander si leur langue nommait plaine ou désert cet enfer de chaleur. En vérité, la chaleur n'y était pas énormément plus forte qu'à Tillina, mais en quittant le village j'avais quitté aussi tout ce qui la rend supportable. J'avais rompu l'enchaînement des heures et des gestes, des jours et des nuits. Je me retrouvais seul debout au milieu du temps, ce temps dont la chaleur semblait être le battement arrêté.

Il s'agissait d'une tribu de ces idolâtres vivant aux lisières de la civilisation, en dehors de la vraie foi. Ils perpétuent des croyances sacrilèges, adorant des statues, parfois de simples roches. Les démons aveuglent ces peuples qui marchent à l'abîme sans en avoir la moindre conscience. Même les singes ne se laissent pas abuser par des images de bois, de cire et d'argile. Certaines créatures, tels les vers et les chenilles, sont à peine plus qu'une plante, d'autres, comme les taupes et les musaraignes, sont aveugles ou d'une insignifiance les rendant pour ainsi dire infirmes ; et pourtant, même ces animaux imparfaits valent mieux que des statues ! Pierre vivante, l'huître est dépourvue de vue, d'ouïe, de membres, elle est muette mais croît, subit l'influence des marées. Les statues, elles, sont parfaitement inertes, insensibles. Même un arbre vit, mais non les figures tirées d'un bois mort. Oui, comment peut-on adorer des créatures mi-hommes mi-bêtes, comment peut-on croire que l'homme n'est pas radicalement séparé des animaux, lesquels ont été créés, ainsi que les arbres et les pierres, les plaines et les fleuves, pour meubler ce monde offert à l'homme ? Ce sont là des choses clairement enseignées dans les saintes Écritures, des faits qui tombent sous la raison, mais les païens ont la tête aussi dure que le bois ou la pierre dont sont faites leurs idoles.

Ces nomades ne me sauvèrent pas la vie car il me restait suffisamment de nourriture pour tenir jusqu'au monastère et le puits m'offrit toute l'eau nécessaire, mais leur présence me fut d'un grand réconfort. Leurs gestes étaient lents et précis, leurs outres les plus grandes que j'ai jamais vues, ornées de perles multicolores comme les vêtements de fête des femmes de Tillina. Ils partirent dans la nuit en me laissant un peu de nourriture. Je m'éveillai à l'aube, dans ce silence qu'à toutes choses impose la chaleur. Il y avait suffisamment de lumière pour que les collines vibrent à nouveau et semblent aussi lointaines que la veille et que la veille de la veille. Le monastère s'accrochait au flanc de la plus proche d'entre elles. Je ne l'apercevais pas encore mais je ressentais sa présence. Je me lassais de prier, non de boire. J'étais telle une jarre fissurée, m'étonnant de boire autant sans éclater, de même qu'avant de connaître Syméon j'ignorais que la pensée de Dieu puisse pénétrer un homme jusqu'aux os, le transformer en une seule et continue oraison. Je restai assis, dos appuyé contre le puits, toute la matinée. Mon corps reprit des forces, mon esprit en perdit et ce relâchement fut la faille où s'engouffrèrent les démons. La nostalgie des miens me noua le ventre, j'éclatai en sanglots. Je pleurai abondamment, regrettant d'avoir privé mes parents de leur aîné, mes frères et sœurs de mon affection, déplorant jusqu'aux pierres lancées sur Choumaf, maudissant cette main qui s'était refermée sur un dernier caillou plutôt que de s'être ouverte pour une ultime caresse. Une désagréable sensation courut le long de mon dos, entre la peau et la pierre du puits, un frisson descendant de ma nuque jusqu'au bas de mon dos. Avais-je réellement été appelé, n'était-ce pas mon orgueil qui me poussait à être seul contre tous et à le nourrir des larmes de ma mère, des coups de bâton de mon père, des tristes cris de mes frères et sœurs, du renoncement à Marya ? Je me jetai à genoux, mais sans témoin et sur cette scène bien trop grande pour moi je priai avec moins de conviction qu'en notre maison de Tillina. Je songeai que je serais bientôt exposé aux regards et aux jugements des moines de Téléda. Comment m'accueilleraient-ils ? Comment les convaincre que je répondais à un Appel alors que quatre jours de marche m'avaient presque fait oublier les voies de la prière ? Comment soutenir le regard de ces moines vénérables ? Et que dire au sévère Héliodore lorsqu'il poserait ses yeux sur moi ? Je me rendis compte en tremblant que j'allais me présenter devant l'higoumène d'un monastère fondé par saint Eusèbe lui-même, mais les démons m'inspirèrent d'irréfutables arguments alors que je m'apprêtais à repartir en toute hâte. À quoi bon repartir au plus fort de la chaleur pour s'effondrer aussitôt après ? Ce n'est pas pécher que se reposer avant de poursuivre son chemin, que préférer une eau claire à une eau sableuse. Était-ce ma faute si je remontais presque autant de sable que d'eau et si chaque grain de sable, créé conformément au projet divin, prenait tant de temps pour se déposer au fond du seau ?

Et pourquoi ne pas reprendre des forces en profitant des dattes laissées par les nomades ? Certes ils sont des idolâtres, mais leurs fruits ne le sont pas, s'en délecter revient à rendre Grâces au Seigneur qui les a placés sur Terre à notre usage parmi tant d'autres bienfaits. N'étant pas un ascète, pas même encore un novice, je n'étais pas tenu de me nourrir de fruits gâtés ni de boire une eau sableuse ou corrompue. Une multitude de fallacieuses raisons me firent remettre à plus tard la poursuite de mon voyage vers Téléda. La matinée s'écoula sans que je ne bouge ni ne prie. Je m'adonnai à la paresse, à la gourmandise, à la mauvaise foi, m'inscrivant dans le sillage des philosophes grecs dont j'ignorais alors à peu près tout sinon qu'ils sont aux nomades ce qu'un chaudron d'argent est à une outre de peau – les deux contenant par ailleurs la même eau croupie, non celle, sanctifiée, de Baradate, mais celle des croyances impies. Philosophes qui font des mots et donc aussi des idées l'équivalent de ces petits singes qu'on exhibe costumés dans les marchés d'Antioche ou de Séleucie et qui se prêtent à tous les tours qu'on imagine pour eux. Je chargeais le projet divin de mes accommodements comme les nomades chargent ânes et chameaux de sacs de dattes et de briques de sel. Les yeux mi-clos, tout en massant avec mollesse les marques laissées sur mes chevilles par la lanière de mes sandales, je m'amusai à observer une colonne de fourmis sortant d'une fissure du sol pour rejoindre un trou au pied d'un palmier. Je crachai un noyau de datte sur leur chemin. Mon raisonnement pourtant grotesque me sembla alors imparable : s'il s'agissait d'un détachement de démons, elles refuseraient cette tentation équivalant à une inversion des rôles ! Oui, dans certaines circonstances l'esprit peut produire d'étranges constructions. Elles se mirent à plusieurs pour traîner le noyau vers l'arbre, démontrant qu'elles n'étaient pas des créatures démoniaques, et je me réjouis de mon astuce. J'étais sur le point de leur expliquer qu'elles aussi agissaient selon le projet divin lorsque je remarquai que ma main droite avait quitté ma cheville pour aller gratter le sol, y traçant de légers sillons. Je reconnus ce geste machinal jusqu'ici destiné à Choumaf, dont j'aimais gratter le crâne, laissant mes doigts passer dans son poil ébouriffé lorsque le troupeau bien rassemblé, occupé à brouter, me permettait de rêvasser. J'oubliai aussitôt mon sermon aux fourmis car un récit du père Paphnuce me revint à l'esprit avec la plus grande force. J'en fus violemment saisi, cessant de respirer pendant une poignée de secondes. Un ange m'avait envoyé un signe, un avertissement, au moment où j'en étais réduit à m'adresser aux fourmis plutôt qu'à Dieu, en priant ! Cet ange avait guidé ma main afin qu'en traçant ces sillons je me remémore cette anecdote ! Je pris une poignée de sable que je mêlai à l'eau du seau, buvant ensuite cette boue afin de me mortifier. Je contemplai ensuite longuement ces traits en rendant Grâces au Seigneur d'avoir chargé un de ses serviteurs de guider ma main et ma mémoire. Pris d'un affreux soupçon, je reniflai mes doigts mais ne perçus aucune odeur, ni d'encens ni de soufre. Je n'étais pas très assuré que les anges laissent des traces parfumées de leurs interventions mais je connaissais l'histoire de ce solitaire qui, ayant frappé un démon venu jusqu'à lui sous l'apparence d'une voyageuse égarée, en garda la main puante des jours durant. L'histoire du père Paphnuce relative aux sillons concernait saint Eusèbe, avant qu'il ne fonde le monastère. C'était en ces temps où Eusèbe était un solitaire cherchant Dieu dans les environs d'Alep. Déjà immense, sa réputation de perfection ne cessait pourtant de croître. Tous les deux ou trois ans il acceptait la brève visite d'un moine ou d'un autre solitaire. Ce privilège échut à un nommé Ammien, dont on dit qu'il était si décharné que la lumière du jour le traversait comme un papyrus mouillé. Il lui fallut plusieurs semaines de voyage pour parvenir au lieu d'ascèse d'Eusèbe, trajet qu'un homme en bonne santé eût accompli en une dizaine de jours. À la demande d'Ammien, Eusèbe avait accepté de commenter une phrase de l'Évangile, j'ignore laquelle et je le dis, ce qui me distingue de ceux qui ne sachant pas puisent dans leur imagination de façon plus ou moins heureuse mais hors de la Vérité. Tous deux étaient assis sur un rocher en surplomb d'une plaine lorsque Ammien posa une question à laquelle Eusèbe ne put répondre car il avait été distrait par le travail de fellahs qui labouraient en traçant des sillons si parfaitement rectilignes qu'il s'était laissé à les admirer. Cette grave défaillance lui fit comprendre qu'elle n'était pas l'exception mais le dernier maillon en date d'une chaîne l'éloignant insensiblement de Dieu. Eusèbe agit alors de façon à ne plus jamais laisser ses yeux contempler cette vallée, ni jouir de la beauté du ciel et des astres, chose qui lui était arrivée à plusieurs reprises au cours des dernières années. Désormais et pour les trente-neuf ans qu'il passerait en ce lieu, il s'empêcherait de porter son regard au-delà de ses pieds, avec pour tout horizon les limites du sentier, large d'à peine une coudée, qui conduisait de sa grotte à son oratoire. Pour prévenir toute défaillance de sa volonté il fit cercler ses reins d'une ceinture de fer, poser un collier du même métal à son cou et relier ces deux pièces avec une chaîne afin que son visage restât dirigé vers le sol. Les sillons tracés avec l'aide de l'ange étaient de toute évidence destinés à me rappeler ceux ayant jadis distrait saint Eusèbe. Ce fut-là le premier et, à vrai dire, le seul signe reçu d'un ange, non que je ne connusse par la suite aucun relâchement mais parce que mon âme ne fut pas un enjeu de lutte entre anges et démons comme l'ont été celles d'Eusèbe, de Syméon et autres ascètes d'exception. Certes, j'ai été et reste un bon chrétien, j'ai consacré ma vie à Dieu, mais ayant connu Syméon je sais que ma foi étincelle bien moins que cet anneau et cette pierre à mon doigt. Il est bon et juste que le ruisseau sache qu'il n'est pas un fleuve.

Je repris mon chemin en direction du monastère de Téléda, mes outres emplies d'eau sableuse pour me punir de mes relâchements. Je marchais, priais, dormais, priais, repartais, mangeant et buvant le moins possible. À chaque halte je traçais quelques traits au sol avec mes doigts pour remercier l'ange et priais. Je me sentis alors libéré de la présence des démons, sans pour autant oublier que leur plus grande ruse consiste à faire croire à leur absence. Le second jour après mon départ de l'oasis, l'horizon s'enflamma brusquement. Aveuglé, je ne pus poursuivre mon chemin qu'en protégeant mes yeux. La chaleur devint un peu plus qu'insoutenable. J'en avais été averti par mon père, la fin de voyage serait particulièrement éprouvante. En effet, le reste du trajet fut une brûlure continue. Le sol changea de nature, terre et sable laissant place à une croûte de sel et de nitre. Bien plus tard j'appris que le nitre est utilisé pour la momification des morts, à la multitude desquels s'ajoutent ceux des vivants ayant trop longtemps séjourné là où il se mêle au sel comme en cette étendue que je traversai de nuit, me terrant le jour sous un rocher. Cette langue de feu balafre la plaine de Kefteen d'est en ouest. Des rides figées, des crevasses aux bords coupants parcourent cette écume durcie qui me rappela la légende des lacs gelés pouvant être traversés à pied. Au terme de ma seconde nuit de marche le sol se fit moins dur, moins blanc, moins brûlant, et je distinguai au loin l'enceinte du monastère, blotti entre ce large fleuve de feu solide et la colline abrupte au bas de laquelle il s'élevait, trapu, grisâtre, derrière des murs d'où dépassaient des corolles de palmiers-dattiers. Dès lors je ne songeai plus à l'higoumène Héliodore ni à l'accueil des moines, seulement à l'ombre et aux fruits de ces arbres, à l'eau qui leur offrait ce vert couleur de fête, à la fraîcheur contenue entre ces murs de terre et de paille. J'en oubliai de remercier le Seigneur de m'avoir permis de franchir cette bande de sel et de nitre, laquelle avait transformé en bois le cuir souple de mes sandales, cousues par Thalèle, le cordonnier de Tillina, dans du cuir provenant d'une de nos chèvres, d'excellentes sandales mais qui n'étaient pas faites pour marcher sur le toit de l'enfer. Mes pieds brûlaient, mon sang brûlait, mes yeux brûlaient. Le soleil commençait à décliner ainsi qu'en ce monde toutes choses déclinent, chacune en son temps et pour ses propres raisons. Ce n'est qu'arrivé au pied de la colline que je pensai à prier mais je le fis jusqu'à ce que mon cœur brûle aussi et qu'à travers mes larmes flottent les murs du monastère tels ceux de la Cité céleste.

La porte était close, le silence pesant comme l'absence d'espoir dans le cœur de l'homme. Ce silence n'était pas de ceux qui fluidifient le sang, détendent les muscles et conduisent l'esprit hors des vicissitudes du quotidien. Il était la voix du désert, une voix minérale, dure, indifférente comme la mort qui plonge sa main dans les gorges et arrache les cœurs, les souvenirs, les espérances de même qu'on ouvre le ventre d'une carpe pour tirer à pleine main sur ses entrailles alors qu'un instant plus tôt elle nageait pour l'éternité dans l'eau où elle accomplissait la première partie de son destin, lequel varie beaucoup selon les êtres et leur nature, mais dont la seconde partie est commune à tous, seule change la nature de la main qui arrache les cœurs, les souvenirs, les espérances lorsqu'elles existent. Le bruit sec du heurtoir fut absorbé par ce silence oppressant. J'attendis quelques instants et recommençai en cognant plus fort la sphère de bronze sur sa plaque. Peut-être un office était-il en cours et personne ne pouvait m'entendre, et même si on m'entendait, le service de Dieu passe avant celui des hommes. Beaucoup de temps s'écoula, le ciel s'assombrit, personne ne répondit à mes coups de heurtoir. À force de la regarder, je remarquai la dissymétrie de la porte. L'arc qu'elle obturait penchait nettement vers la droite. La chose m'intrigua car un monastère est calqué sur le modèle de la Cité céleste, laquelle est parfaite. Les ouvrages bâtis de la main de l'homme ne sauraient l'être mais doivent y tendre. Aujourd'hui je sais que les murs ne s'étaient pas affaissés, ni les ouvriers montrés incompétents. Ils avaient suivi l'exemple de Pacôme qui, après de longues années d'ascèse dans le désert de Tabennêsi, reçut les instructions d'un ange lui demandant de construire sa demeure là même où il se trouvait afin qu'une foule d'hommes viennent à lui. Ainsi Pacôme construisit-il le premier monastère, comme Antoine fut le premier à se retirer dans le désert et, plus tard, Syméon le premier à s'installer sur une colonne. Obéissant à l'ange, Pacôme bâtit ce qui fut le premier monastère, d'une construction modeste mais présentant quelques colonnes dont il fut fier car il n'était pas maçon et ses années d'ascèse avaient déformé ses doigts. Instruit de la faiblesse humaine, il craignit aussitôt que sa satisfaction ne soit en réalité de la vanité et modifia les colonnes en les faisant pencher de façon à ce qu'elles soient droites selon l'humilité en Jésus-Christ et non selon le fil à plomb.

Je continuai à frapper à intervalles réguliers, plus vraiment sur la plaque où venait pourtant heurter la boule de bronze, mais sur ce silence dressé entre moi et mon destin. Car enfin, j'avais bel et bien été appelé, j'avais quitté les miens, jugé digne d'être remis sur le bon chemin par un ange, et après avoir marché jusqu'à l'épuisement, je trouvais porte close ! Les moines de ce monastère avaient-ils fait vœu de surdité ? Leur sens de l'hospitalité était-il autant de guingois que leur porte ? Faudrait-il que j'attende l'intervention d'un ange serrurier ? Je martelai une dernière fois le silence sans autre effet que me rappeler les limites de l'action humaine quand elle ne dépend pas de la seule foi, laquelle peut déplacer des montagnes mais non faire s'ouvrir une porte, fût-elle posée de travers comme certains nez sur un visage. Cette boule de bronze devint pareille à une grosse noix qu'en vain je tentais de fracasser, elle me refusa obstinément son fruit. Je suivis la clôture du monastère jusqu'à pouvoir monter sur un amas de rochers la surplombant afin de regarder par-dessus le mur. Je vis un potager où s'affairaient trois moines. Je les hélai sans qu'aucun n'interrompe sa tâche. Je hurlai mon souhait d'être admis comme novice sans qu'ils paraissent m'entendre davantage. J'hésitai à lancer des pierres pour attirer leur attention, puis descendis des rochers et longeai le mur à la recherche d'un autre point d'observation que je ne trouvai pas, l'arrière du monastère étant adossé à une paroi rocheuse. Je revins alors sur mes pas et explorai l'autre côté en suivant le mur latéral gauche où je remarquai une petite porte à laquelle je tambourinai en vain. Je revins alors me poster face à l'entrée principale où je vis, posés à terre, une jarre d'eau, sept olives et un morceau de pain assez dur pour remplacer la boule de bronze et frapper la plaque sans s'émietter.

Portant la jarre à ma bouche je découvris que son peu d'eau était mêlée de cendres afin que je satisfasse partiellement ma soif, sans y prendre plaisir. Le pain, je l'ai dit, semblait avoir été extrait de la paroi rocheuse, mais les olives n'étaient pas tout à fait pourries. Je me sentis être un peu moins qu'un tas de poussière et pourtant déjà plus que celui que j'étais encore quelques jours plus tôt. Je cognai à nouveau à la porte bien qu'ayant compris que les deux battants posés de travers s'ouvraient selon des règles elles aussi obliques aux attentes du visiteur. Frappez et l'on vous ouvrira, avait pourtant dit notre Seigneur ! Je retournai vers les moines jardiniers et criai à nouveau que je souhaitais être admis comme novice. Ils ne réagirent pas davantage qu'à mon premier appel. Je revins devant la façade du monastère et m'adossai à un vantail, m'endormant dans cette position.

Je me réveillai en avant, c'est-à-dire que je fus arraché au sommeil tout en tombant sur le ventre, face dans la poussière, lorsque les battants s'ouvrirent brutalement vers l'extérieur. Je fus expulsé du monastère avant même d'y avoir pénétré. Deux moines m'enjambèrent dont l'un appliqua un coup de bâton sur le bas de mon dos avant de prononcer trois phrases, chacune ponctuée d'un coup de bâton :

« Le sommeil est la porte des rêves, les rêves sont la porte des démons. »

« Le postulant novice salue chaque moine qu'il voit. »

« La parole lui est aussi inutile que des figues à un olivier. »

Son bâton clôtura ce discours en s'abattant par deux fois à cet endroit où doit se tenir le siège de la compréhension et de la mémoire, puisque c'est précisément là que celui de mon père s'était lui aussi plu à insister. Sans doute existe-t-il une solidarité des bâtons comme il existe une solidarité des charrues. Ces deux instruments ne servent pas à semer la même graine, mais tous les bâtons et toutes les charrues ont la même fonction, qu'ils soient maniés par un chrétien ou par un impie. Le bâton enfonce la graine de l'obéissance, la charrue ouvre le sol pour qu'il accueille celle de blé. Il existe en Nitrie une petite église consacrée à Jean le Petit qui des années durant, sur l'ordre d'un ancien donné trente-deux ans plus tôt, arrosa un bâton fiché dans le sable. Cet ancien était mort depuis longtemps, son ordre connu uniquement de Jean le Petit. Cette obéissance aveugle trouva sa récompense car ce bâton devint un petit arbre d'une espèce inconnue que les nomades convertis nomment Chadgeret el Taa, l'arbre d'obéissance.

Deux autres moines sortirent du monastère. Je me prosternai devant eux, me couchant face à terre, bras en croix. Cela dura six jours et six nuits. Je fus fréquemment sauvé des démons par un réveil au bâton. Je restai à la porte du monastère autant de temps qu'il m'en avait fallu pour y parvenir. Il m'était quotidiennement octroyé de quoi rester en vie, pain, eau, sept olives. Le sixième jour, m'étant jeté face à terre devant un moine menant des chèvres, dont l'odeur et la vue si familières avaient pénétré mon cœur au point de me faire tarder à me prosterner, ce qui me valut une juste rétribution, je relevai la tête après leur passage et vis des orteils pointés vers mon visage. Deux pieds crasseux, en cela pareils aux miens, paraissaient me regarder. Je plaquai à nouveau ma face au sol, dans l'attente d'un nouveau coup de bâton. Il ne tarda pas à arriver mais le monde sembla avoir été mis sens dessus dessous car il ne s'abattit pas avec la fermeté nécessaire au salut de mon âme, ni même au bon endroit. Son détenteur se contenta d'en tapoter mon épaule. Je levai alors la tête et le moine me fit signe de le suivre. J'hésitai un instant, ne sachant si je devais le suivre sans changer de position, en rampant conformément à mon indignité, ou si je devais marcher pour ne pas lui faire perdre son temps. L'univers retrouva aussitôt ses assises. Le bâton s'abattit sur mes reins et je bondis sur mes jambes, gardant la tête baissée. Je franchis pour la première fois le seuil du monastère. Restant quelques pas derrière lui, je suivis le moine le long d'une allée traversant un verger puis contournant un potager bordé de petites constructions aux murs aveugles. La coupole d'une église se dressait au-dessus de rangées de palmiers-dattiers. Il me fit entrer dans un long bâtiment. Nous empruntâmes un couloir, celui-là même sur lequel donne la cellule où j'écris ces lignes. Au bout de ce couloir s'ouvrait une porte dont je n'eus pas le temps d'observer si elle était droite ou de guingois. Il s'arrêta sur le seuil, tête baissée, ce qui me permit de redresser la mienne pour tenter de voir par-dessus son épaule. Sans doute obéissant à un signe que je ne vis pas, il m'ordonna d'un mouvement de tête d'entrer dans la pièce. Ce que je fis, humblement courbé. La même semi-obscurité que celle du couloir régnait dans cette pièce nue, ceinturée de bancs façonnés dans la matière des murs et au fond de laquelle se trouvaient une table et un fauteuil de bois. Une croix massive occupait le mur du fond. Non pas une de celles qui décorent certains palais épiscopaux, ornées de pierres précieuses, adoucies de feuilles d'or, mais une croix du désert, mal équarrie, ne cachant pas son usage premier. Le fauteuil était positionné latéralement, de façon à ce qu'on puisse s'y asseoir sans tourner le dos à la croix. Un moine âgé se tenait debout derrière la table. Il me regardait sans sembler me voir, avec un regard identique à celui de Baradate. Chaque trait de son visage avait été façonné dans un bâton que même Jean le Petit n'aurait pu faire verdir. Je compris que j'étais face à l'higoumène Héliodore.

– Es-tu un envoyé des démons ?

Je répondis sans que mes mots parviennent à franchir mes lèvres tant elles étaient sèches et ma gorge nouée. Je secouai la tête et parvins à articuler quelques bribes de phrases, lesquelles se bousculèrent tel un troupeau de porcs affolés.

– Non ! Non ! Je suis Théodoret, un berger, je viens du village de Tillina, j'ai entendu l'Appel, un ange m'a fait tracer un sillon, j'ai beaucoup marché pour venir ici, je lis et j'écris un peu le grec, je veux être admis comme novice.

– Quant à moi je suis Héliodore, higoumène de ce monastère, et aucun ange ne m'a jamais adressé de signe. Il est vrai que contrairement à toi j'en suis indigne. Je te propose donc de prendre ma place et de m'accepter comme novice. Peut-être aussi daigneras-tu m'enseigner un peu de grec ?

Héliodore prononça ces mots d'une voix absolument neutre, et je ressentis ce qu'une tourterelle éprouve entre les serres du faucon. Je fis alors ce que j'avais abondamment pratiqué lors des six derniers jours, je me jetai au sol. L'higoumène m'enjamba sans qu'aucun coup ne s'abatte sur moi, ce que j'aurais préféré car le silence qui s'ensuivit pesait autant que les tombeaux des pharaons idolâtres dont l'amas de blocs de pierre qui protège leur dépouille ne les empêchera pas de brûler en enfer. Peu à peu, comme cesse l'averse sur les toits et que les gouttes tapotent tuiles et palmes, mes battements de cœur se calmèrent. Je m'endormis sur la terre fraîche. Un moine me réveilla d'un coup de bâton sec mais relativement clément, semblable à ceux dont je pressais les bêtes un peu lentes à Tillina. Sa peau fripée m'évoqua celle d'une chèvre venant de mettre bas. Il toucha sa poitrine et dit : Bénofer. Je fis la même chose, me désignant comme celui qui répondait au nom de Théodoret. Ni son regard ni aucun trait de son visage n'exprimèrent qu'il m'avait bien entendu. Je le suivis jusqu'à l'étable où il me désigna, sans mot dire, les excréments des chèvres. Je compris ce qu'il attendait de moi ; cela était bon signe, je n'allais pas être expulsé immédiatement du monastère. Avant même que je n'ouvre la bouche pour poser quelques questions, Bénofer posa un doigt sur ses lèvres et murmura : « Notre Seigneur, dans son infinie bonté, t'a pourvu de mains et de jambes, cela doit te suffire ;

tu jetteras cela dans le trou, du côté du potager », puis se retira. Ma tâche était claire, les moyens de l'accomplir aussi car je cherchais en vain de quoi manipuler les déjections caprines. Les mains chargées d'excréments, je fis donc des allers et retours entre l'étable et le trou creusé à quelque distance du potager, contre le mur de clôture. Un moine se tenait debout, les bras en croix, au bord de la cavité emplie d'excréments, d'épluchures, de végétaux pourrissants, enveloppé de puanteur et d'un nuage assourdissant de mouches. C'était Syméon. Bien qu'à peine plus âgé que moi, son visage avait la rudesse d'une écorce, ses traits la fixité de la pierre. Je passai plusieurs heures à nettoyer l'étable à mains nues, tout empli de la vision de cet homme qui durant tout ce temps ne bougea pas davantage qu'une statue. La plupart des frères que je croisai m'ignorèrent absolument, certains me crachèrent dessus car je n'étais rien sinon une créature bouffie d'orgueil, prétendant rejoindre leur communauté. Bénofer réapparut au moment où je m'apprêtais à prendre quelque repos après avoir mené ma tâche à bien et m'être nettoyé autant que possible. Il m'indiqua que je dormirais dans l'étable mais que seules les chèvres, qui contrairement à moi produisent quelque chose d'utile, pouvaient se désaltérer à l'abreuvoir. Pour ma part, je continuerais à boire l'eau mêlée de cendres de la cruche qui me serait remise chaque matin, avec du pain et sept olives, complétés en fin de journée par une écuelle de lentilles et de légumes. Le nettoyage de l'étable des chèvres ne suffisant pas à emplir mes journées, lesquelles commençaient avant que le soleil ne donne sa clarté au monde et se terminaient sous les étoiles, Bénofer me confia divers autres travaux dont la charge d'alimenter le trou avec les excréments des moines et des ânes, en sus de ceux des chèvres. Les crottins, j'allais les ramasser hors du monastère car les ânes aiment déféquer loin de leur étable, sur leurs lieux de pâture. Je les en remerciais, leurs excréments se desséchant quelque peu au soleil tandis que ceux des chèvres, plus liquides, quoique moins que ceux de nombreux moines, infiltraient leur litière et ruisselaient entre mes mains qui semblèrent dévolues au convoyage d'essaims de mouches d'un bout à l'autre du monastère. Sisoès, le frère chargé des ânes, était un *iota*, la lettre la plus simple de l'alphabet, je l'appris plus tard car seuls l'higoumène et les prieurs connaissent la lettre affectée à chacun des moines selon leur nature et leurs capacités. Ce fut lui qui me cracha le plus fréquemment dessus, la chose l'amusait beaucoup ; une bonne partie de sa salive restait accrochée à ses lèvres épaisses et s'éparpillait sur sa bure puante. Un novice est un moins que rien, mais bien plus bas se trouve le postulant, lequel s'imagine qu'il peut, un jour lointain, être jugé digne d'accéder au noviciat.

À récurer les étables, à déplacer roches et cailloux afin de dégager de nouvelles surfaces cultivables, mes mains se couvrirent de plaies infectées au contact des excréments. Je les enveloppai de bandes que je renouvelais dès qu'il m'était possible de prélever en cachette un bout de tissu sur un des sacs utilisés pour le transport de la farine. Bénofer fit mine de ne pas remarquer que je pansais mes plaies, de plus avec le produit d'un vol, ce qui provoqua en mon cœur un accès de reconnaissance éperdue pour sa magnanimité. La preuve que Syméon y voyait très bien malgré son regard de statue me fut apportée de façon surprenante. Je remarquai que sa tête se couronnait des bandes que j'avais jetées ! Il utilisait pour se mortifier ces tissus dont l'aspect et l'odeur auraient fait vomir ses entrailles à un marchand de vin de Cappadoce. Des nuées de mouches le recouvraient, dont le seul bruit m'aurait rendu fou, et je fus terrifié à l'idée qu'on exige que j'imite Syméon pour tester ma foi, mon obéissance et ma persévérance. En réalité, les mortifications que s'infligeait Syméon déplaisaient car elles outrepassaient celles couramment usitées et instauraient une surenchère entre les moines, faisant planer le péché d'orgueil sur tout le monastère. Dans les rouleaux de l'higoumène, il était signalé par la lettre *chi*, réservée aux caractères difficiles.

Il était réputé dormir deux à trois heures par nuit ; il restait agenouillé les bras en croix jusqu'à s'effondrer, se mortifiait au péril de sa vie. Personne ne le vit jamais manger plus de la moitié de ce que s'accordaient les moines les plus austères de Téléda. Ces austérités hors du commun amenèrent Héliodore à rendre obligatoire l'emploi de larges capuches lors des repas. Inquiet de voir Syméon et un nombre croissant de moines ne prendre qu'un repas sur deux, parfois moins, il avait instauré la règle selon laquelle chaque frère pencherait obligatoirement son visage sur le bol de soupe, rabattrait sa capuche de façon à s'isoler de ses voisins et, au signal de fin du repas, couvrirait son bol avec une petite assiette afin que nul ne puisse voir si le repas avait été pris, ni quelle quantité consommée. Ainsi ne vit-on plus de moine quitter ostensiblement la table commune sans avoir touché à son repas et l'higoumène put-il enrayer cette surenchère dans l'ascèse avant qu'elle ne conduise à la victoire des démons. Dans sa grande sagesse, Héliodore imposa également à chaque moine qu'il se nourrisse au lever du jour d'un peu de pain et de sept olives. Se contenter de six olives ou moins eût été péché d'orgueil, dévorer huit olives ou plus, péché de gourmandise. Quant à moi, je mangeais là même où je dormais, dans l'étable, avalant tout ce qui m'était accordé et même davantage lorsque la possibilité s'en présentait. Je volais du lait au pis des chèvres, buvais à leur abreuvoir et de temps à autre parvenais à dérober de la farine dont je m'empiffrais à pleines mains.

Malgré ces mesures, la pâleur et la maigreur de Syméon, ses oraisons prolongées en plein soleil et dans la puanteur, bientôt elles aussi interdites par l'higoumène, disaient assez qu'il nous surpassait tous dans l'ascèse et les mortifications. Nombre de frères lui eussent volontiers craché au visage ou donné du bâton car bien qu'un des plus jeunes, il semblait décidé à les faire tous passer pour des faibles, des hypocrites soucieux de leur confort. De plus, Syméon s'autorisait à faire la leçon même à des moines ayant dépassé l'âge au-delà duquel vivre constitue en soi une mortification de chaque instant. Aphou le Buffle, ainsi nommé car il avait vécu trente-deux ans au milieu des buffles et gardé quelque chose de l'impulsivité de cet animal, m'ayant demandé d'où je venais, Syméon dit : « Frère, ne demande jamais à quelqu'un d'où il vient, seul importe où va son âme. Évite donc ces bavardages inutiles. » Aphou le Buffle, après quelques instants de stupéfaction, se dirigea vers Syméon d'un pas qu'on ne lui connaissait pas, avec un air qu'on ne lui avait jamais vu mais avec des intentions que tous ceux présents devinèrent sans peine. Des frères eurent la présence d'esprit de le ramener à la raison, ce qui minora quelque peu la victoire des démons. Informé de l'incident, Héliodore nous fit comparaître devant lui. Aphou le Buffle reconnut qu'il s'était laissé aller à un intolérable bavardage mondain et demanda à l'higoumène pourquoi, après tant d'années, il ne maîtrisait toujours pas ses impulsions. Héliodore répondit : « Lorsqu'on donne un coup de hache au pin, il émet de la sève. » Interrogé à son tour, Syméon dit qu'il ne valait pas mieux qu'Aphou le Buffle car lui aussi avait émis de la sève en l'entendant me questionner. J'étais au monastère depuis treize semaines et revoyais pour la première fois l'higoumène. J'observai son visage aux rides verticales, sauf sur son front qu'elles creusaient d'une tempe à l'autre de profondes ravines. Héliodore était réputé n'avoir jamais ri ni souri, pas même enfant. Pour ma part, alors que tâches éprouvantes et coups de bâton pleuvaient sur moi, je dus refréner à plusieurs reprises des sourires et même des envies de rire que mes quinze hivers n'avaient pu soustraire à mes seize printemps. Pourtant, j'avais souvent entendu le père Paphnuce prononcer ces paroles pleines de vérité : « Bienheureux sont ceux qui pleurent, et malheureux ceux qui rient. » Chacun sait que rire et sourire sont choses à proscrire absolument pour qui poursuit le salut de son âme. Le rire, comme le sommeil, est un relâchement, une porte ouverte aux démons. Celui qui rit fait montre de contentement, donc d'orgueil. De plus, le rire préfigure le rictus du damné à venir, et qui souhaiterait exhiber sur son visage ce stigmate de la damnation ?

Le lendemain de sa convocation devant Héliodore, on vit Syméon se déplacer en portant sur son dos un gros sac empli de pierres et tenant dans ses mains un minuscule sac de sable. À nouveau requis de s'expliquer, il répondit : « Ce gros sac contient mes péchés. Ce petit sac contient ceux de mes frères ; étant profondément englué dans le péché d'orgueil, je ne vois qu'eux. »

Après être devenu le berger de toutes les mouches de Syrie et avoir pleinement pris conscience de mon indignité absolue, je fus accepté en tant que novice, ce qui ne changea pas grand-chose à mon quotidien sinon que l'on m'octroya une cellule, la plus petite de toutes, et que je fus autorisé à boire de l'eau exempte de cendres. Ma fatigue était telle que je m'endormais fréquemment, la nuit, avant d'avoir terminé le tressage de la longueur de corde qui m'était impartie. Syméon demeurait irréductible, déchirant le tissu communautaire de son individualité puissante ; vivant en ermite au sein même du monastère, il mettait en danger sa cohésion. Il importa entre les murs de Téléda la violence du désert et des austérités les plus sauvages. Sa capacité d'obéissance retorse ne le quitta jamais. Bien des années plus tard, lorsque son nom pénétra des cités jusqu'alors sourdes à la Vérité, des moines vinrent qui lui ordonnèrent de descendre de sa colonne. Ils voulaient savoir si cette ascèse spectaculaire était fondée sur l'humilité ou l'orgueil. Syméon descendit l'échelle, posa les deux pieds à terre, remonta immédiatement sans mot dire. Il avait obéi à ces moines plus âgés, faisant la preuve de son humilité, mais non cédé. Ceux-ci le laissèrent donc en paix ; ils n'auraient pas hésité à le jeter à bas de sa colonne, laquelle en ce temps-là était de six coudées, et, s'il avait survécu à la chute, à le rouer de coups.

Je venais de déplacer autant de pierres que mon esprit pouvait en concevoir, mes bras en porter, et m'apprêtais à me rendre à l'office quand Bénofer, surgissant derrière moi, m'annonça de sa voix sans timbre la mort de ma mère. Sisoès me choisirait un âne pour que je puisse assister à sa mise en terre si je le souhaitais, ajouta-t-il. J'aurais préféré qu'il m'ordonne de remettre en place durant la nuit les pierres déplacées pendant la journée, je n'aurais eu qu'à obéir et mon corps ne se serait pas affaissé comme il le fit, entraînant avec lui mon esprit et tout ce qu'il contenait, images du passé et du présent et quantité d'autres choses pesant infiniment plus que le poids de leur absence ordinaire. L'univers croula sur moi. Les mots ont ce pouvoir de nous rendre plus malléables ou plus durs, de redessiner nos contours avec plus de fermeté ou, comme cela m'arriva en recevant ceux de Bénofer, de les dissoudre. C'est nous qui changeons, le monde ne change pas, il restera tel que créé par Dieu jusqu'à ce que l'Archange annonçant la fin des temps jaillisse d'un point du ciel pour resplendir jusqu'à l'autre, brûlant tout dans son sillage. J'acceptai en pleurant et avec une infinie reconnaissance le prêt de l'âne, m'apprêtant à me jeter aux pieds de Bénofer lorsque je vis passer Syméon qui ne pouvait manquer d'entendre mes sanglots, même si la cause ne pouvait lui apparaître. Il ne releva pas la faiblesse dont je faisais montre et répandais bruyamment autour de moi, déterminé à ne plus jamais intervenir depuis qu'il avait été pris en défaut face à Aphou le Buffle. Voyant ce visage émacié, ce corps plus léger que son ombre, je parvins à modérer mes épanchements. Je me contentai de balbutier entre deux sanglots que j'irais prendre un âne après l'office et partirais aussitôt pour Tillina. Bénofer dit alors en toute simplicité que je n'avais nul besoin d'âne, mais de foi. Ma mère n'était pas morte, pas qu'il le sache, précisa-t-il, ajoutant que ma réaction démontrait assez que je restais attaché au passé, soumis aux choses de ce monde. Il avait raison. Et par ailleurs, toute ma famille eût-elle été décimée que j'aurais dû non pas le déplorer mais m'en réjouir : ayant pieusement vécu, la porte des Cieux lui serait ouverte. Mais voilà, je m'étais laissé traverser par les émotions ainsi qu'un feuillage par l'ombre ou la lumière ; voit-on les arbres geindre ou rire selon qu'ils sont baignés de jour ou imbibés de nuit ? Je pouvais à tout moment quitter le monastère pour retrouver ma mère et les miens avant qu'ils ne disparaissent puisqu'ils m'importaient davantage que mon salut, ajouta Bénofer, et que je les aimais plus que Dieu. J'avais échoué à cette épreuve destinée aux novices. Très éloigné de celui d'Aphou le Buffle, mon tempérament me transforma en roche plutôt qu'en bête rageuse et Bénofer put s'éloigner sans que je me précipite sur lui. Mes seize printemps et mes quinze hivers se confondirent en une saison dont j'ignorais l'existence, laquelle me jeta dans l'accablement car la joie de savoir que ma mère vivait encore confirmait le jugement de Bénofer. J'étais telle une jarre qui laisse passer la première eau qu'elle reçoit parce que le four où elle a cuit était tout juste tiède, l'argile dont elle a été tournée de qualité médiocre.

Les jours suivants Bénofer se désintéressa de moi comme si mon renoncement était chose acquise et mon départ du monastère une question de temps. Je m'astreignis dès lors à fortifier mon ascèse en luttant avec plus de vigueur contre le sommeil, en cessant de voler le lait des chèvres, en me réjouissant de la puanteur des excréments que je transportais. Souvent il m'arriva de pleurer car mon cœur s'affaissait dans ma poitrine, mes forces me quittaient brusquement, je n'aspirais plus qu'au sommeil, à dormir comme dorment les pierres, les arbres en hiver. La fatigue et le découragement s'abattirent sur moi avec bien plus de férocité que les coups de bâton, plus de constance que la malveillance de certains moines. Syméon devint pour moi un modèle que mon caractère, faible et velléitaire, ne me permettrait pas d'atteindre, mais vers lequel je devais tendre. Je m'appliquai à fermer mon regard aux palmes ruisselantes de lumière dans l'air du matin, à ignorer cette façon qu'a le soleil de s'inventer des couleurs lorsqu'il disparaît ou réapparaît. Je m'astreignis à ne plus suivre du regard certains moines à l'aspect étonnant. Je m'efforçai également d'enfouir mes seize printemps sous mes quinze hivers, présentant en toutes circonstances un visage sévère même en voyant Onuphre, un très vieux moine à la vue et à l'esprit également obscurcis, tenter d'arracher des cheveux à celui qu'il surprenait afin de les placer devant ses yeux pour déterminer s'il s'agissait de cheveux ou de plumes, et savoir s'il avait affaire à un homme ou à un ange. Onuphre n'épargnait personne, pas même l'higoumène, mais s'enfuyait à l'approche de Sisoès que son odeur lui signalait être une créature infernale. Lorsqu'un sourire surprenait ma vigilance, je le réprimais avant qu'il n'amollisse ma face et que les démons en prennent note, satisfaits que je façonne dès à présent le rictus du damné que j'étais de toute évidence appelé à devenir.

Je reçus moins de coups de bâton car je fus moins souvent pris en défaut de creuser mon chemin vers les Enfers par suite d'un relâchement coupable. Je ne parvins toutefois pas à mieux résister au sommeil car je continuais à m'endormir à tout moment, à m'écrouler après avoir trébuché sur une pierre tant mon corps aspirait au repos. Certes, il est bon d'être épuisé car alors les pensées cessent de rebondir entre les griffes des démons, lesquels jamais ne dorment. L'extrême fatigue purge l'esprit de ce qui l'encombre, mais son grand danger est qu'elle conduit au sommeil, donc au royaume infernal des rêves. L'endormissement est comme la blessure du fruit qui se referme sur le ver, lequel n'a plus qu'à le dévorer de l'intérieur. Un matin, Bénofer me trouva endormi dans ma cellule, une corde d'écorce de palmier en cours de tressage entre mes mains. Cela arriva maintes fois, mais ce jour-là mon sommeil était si profond qu'il put me faire transporter par deux moines jusqu'au trou à ordures où je me réveillai, assailli de mouches que je pris pour des démons. Je fus terrifié d'être mort dans mon sommeil et de me réveiller au plus profond de la puanteur des Enfers. Oui, bien trop souvent le sommeil terrassa mes résolutions. Je n'étais pas de la trempe d'un Pacôme qui, après être resté en oraison toute la journée sous le soleil de Tabennêsi, enveloppé dans une couverture pour augmenter ses mérites, ne se couchait pas la nuit venue, ni ne s'appuyait contre aucune sorte de support ; il s'asseyait au sol et prenait ce qu'il fallait de sommeil pour ne pas tuer tout à fait ce corps dont il avait besoin pour prier, comme le cactus a besoin de s'ancrer dans un peu de sable pour darder ses épines. Comparée au souffle des Enfers, la chaleur du désert est d'une fraîcheur agréable et mieux vaut cuire de son vivant en rendant Grâces à Dieu que brûler pour l'éternité dans la géhenne en suppliant vainement les démons préposés aux tortures.

La faim me tenaillait également sans relâche. Je rêvais de pis gonflés de lait crémeux, de dattes dorées, sucrées, de soupes plus riches en lentilles qu'en herbes cuites, d'une eau fraîche et limpide. Je mâchais des feuilles pour combattre la tentation d'aller à nouveau voler leur lait aux chèvres ou ses légumes au potager. Le désir de m'emplir la panse m'obsédait au point que je mordais des racines, jusqu'à m'y briser une dent. J'étais le plus faible en volonté des quatre-vingt-deux membres du monastère mais non le seul car certains moines, malgré leurs grands mérites, s'endormaient durant l'office. C'est pourquoi, par sa dureté et sa droiture, le bâton doit suppléer la faiblesse de l'homme. Au désert, le solitaire n'a personne pour veiller à son salut, seule sa foi peut se substituer au bâton. L'ermite est son propre bâton. Aujourd'hui encore, malgré mon grand âge et cet anneau épiscopal qui fait baisser les têtes et ployer les genoux, il m'arrive de m'astreindre à certains des exercices que m'imposa Bénofer afin de désencombrer mon esprit, particulièrement avant de prendre une décision délicate.

Une cuillerée de miel mélangée à une poignée de sable permet de vider l'esprit car il n'est pas aisé de séparer l'un de l'autre. J'ai toujours nourri une prédilection pour cet exercice qui dit assez la difficulté à séparer l'utile de l'inutile, ne violente pas le corps et parvient à dissoudre les pensées dans le travail des doigts. Il aide à se purger des bruits du monde, des rumeurs du passé, des émotions, de ces interrogations paraissant essentielles mais servant au seul plaisir des démons.

Je parvins à rester au monastère où un printemps puis un hiver s'ajoutèrent à ceux que j'avais apportés en y entrant. Malgré mes innombrables défaillances l'higoumène ne prononça pas mon exclusion. Il me fut octroyé le droit de manger à la table commune. Je fus ensuite dispensé d'utiliser mes seules mains pour transporter les excréments jusqu'au trou du potager. Mon épuisement était tel que je ne pus me réjouir des améliorations de ma condition. Seule existait ma lutte contre le sommeil. Peu parviennent à habiter leur fatigue, à se sentir chez eux entre ces intangibles parois au-delà desquelles le monde se brouille, se fait enfin ombre et silence. Je pensais de plus en plus souvent à ce que signifiait être rejeté par Dieu. L'homme ou la femme les plus sacrilèges restent de leur vivant sous la juridiction divine, ce n'est qu'une fois morts, jugés et damnés qu'ils sont livrés aux démons.

Quant à Syméon, c'est en vain que les démons l'assaillirent. Jamais il n'en parla, jugeant peut-être que saint Antoine et bien d'autres solitaires en avaient suffisamment dit et écrit sur leurs ruses et leur acharnement, mais il ne fait aucun doute qu'il fut pour eux une cible de choix, son silence à leur sujet ayant aussi été commandé par sa modestie. Un incident me démontra sa force inouïe dès l'époque de Téléda. Novice depuis peu, je fus témoin de sa capacité à dominer la douleur au même titre que la fatigue et la faim. Je venais d'être affecté par Bénofer à la boulangerie où je pétrissais la pâte à pain sous les ordres du moine Poimen, veillant à ne jamais soulever le plus petit nuage de farine lorsque je la versais dans le pétrin car la négligence dans l'accomplissement de sa tâche est une des innombrables figures du péché. Syméon était chargé d'alimenter le four en bois et de surveiller la cuisson des miches, ce qu'il faisait avec application quoique avec une lenteur extrême. Bien entendu, la règle proscrit de prononcer la moindre parole. Les gestes suppléent aux mots car ceux-ci sont grégaires et ne tardent pas à se constituer en encombrants troupeaux dévastant les prairies du silence, lequel plaît à Dieu. Lorsque la cloche appelait à se rendre à l'office ou au réfectoire, chacun devait suspendre son occupation, quelle qu'elle soit, s'immobiliser et attendre le second appel pour aller où il le devait. Cette suspension du temps bornée par les deux sonneries préfigure l'éternité qui prévaut au Royaume des Cieux. Ce jour-là, le premier appel à se rendre au réfectoire se fit entendre au moment précis où Syméon enfournait du bois dans le four. Il s'immobilisa et attendit le second appel pour retirer sa main, laquelle répandit une atroce odeur de chair brûlée. Mon cœur se souleva à la vue de cette main calcinée dont Syméon ne retrouva jamais entièrement l'usage. Il se rendit ensuite au réfectoire au second appel et s'assit à sa place comme à l'ordinaire. Au signal il rabattit sa capuche, se pencha sur son bol puis quitta le réfectoire quand l'higoumène ordonna la fin du repas. Il revint avec nous à la boulangerie où il acheva d'alimenter en bois le four de sa seule main gauche. Je suivis l'exemple de Poimen en me concentrant sur ma tâche, résistant au désir d'observer Syméon. Il n'était pas en danger immédiat, auquel cas lui porter assistance eût été envisageable. Je repris donc mon pétrissage en pensant que pour horrible et douloureuse qu'elle soit, cette brûlure était insignifiante au regard de ce que souffrent les damnés, plongés dans un fleuve de feu tout en étant tenaillés, mordus, battus, déchiquetés par des démons ayant tout pouvoir sur eux, et ce pour l'éternité. Oui, c'est à cette aune que toutes choses en ce monde doivent être rapportées.

Peu de temps après s'être ainsi brûlé, Syméon fut exclu du monastère. À l'issue d'une prière il ne se releva pas, restant couché en pleine nef, les bras en croix selon l'usage. Sa main droite était encore enduite d'un emplâtre d'herbes médicinales. Héliodore le fit ranimer et ordonna qu'on inspecte sa cellule. On y trouva un cilice imprégné de sang, une brique d'argile partiellement fondue, d'un usage incertain. Il s'avéra que Syméon s'y agenouillait pour prier, ses genoux reposant sur une des arêtes de ce bloc de terre, le faisant progressivement fondre sous l'effet de sa sueur. Syméon avait inventé une technique de mortification qui l'aidait à lutter contre le sommeil. Il aurait fait fondre cette argile nuit après nuit jusqu'à la dissoudre si son malaise n'avait pas conduit l'higoumène à faire visiter sa cellule.

Je suspends mon calame pour regarder cette brique. Elle est là, posée sur ma table. Ce n'est pas une simple brique d'argile mais une relique dont la surface garde en creux la trace des genoux de

Syméon, dont la matière a connu sa sueur. Elle a été cause de son expulsion de Téléda et donc aussi de ce qui advint. D'une valeur inestimable, elle m'aidera puissamment à convaincre l'empereur Léon d'octroyer au monastère de Téléda les fonds nécessaires à son agrandissement. Je n'ai aucun doute qu'il éprouve la plus vive joie, et par suite la plus vive gratitude, à recevoir cette relique ignorée de tous. Cette brique ne m'a jamais quitté et moi, Théodoret, évêque de Cyr, je garantis son authenticité. Car nombreuses sont les reliques faussement attribuées à saint Syméon, morceaux d'étoffes, sandales, bols, cruches, cheveux, ongles, corbeilles et même des perles censées être la miraculeuse transmutation de vers ayant absorbé la chair du saint. Certaines se négocient très cher et je fais punir les coupables des peines réservées aux faux-monnayeurs, à ceux qui frappent de faux solidi, à savoir l'amputation d'une main ou, pour les plus criminels d'entre eux, la mort par strangulation ou dans les flammes.

Après cette nouvelle désobéissance à la règle qui proscrit les austérités utilisant des ustensiles autres que le cilice de crin, Héliodore estima qu'il n'avait plus sa place au sein de la communauté et prononça son exclusion. La chose ne sembla pas troubler Syméon qui entendit la sentence, se courba devant l'higoumène et s'en fut avec la simplicité d'un oiseau quittant l'arbre pour s'envoler dans le vaste ciel. Il partit vers l'est, emportant du pain, quelques fruits secs, une outre d'eau. Le désert est immense, sa tolérance à la vie à peu près nulle. Cinq jours plus tard, Héliodore envoya des moines à sa recherche. Je fus désigné pour participer à cette expédition et partis avec un des groupes, en compagnie d'Ellade et d'Acepsime. Montés sur des ânes nous scrutâmes le désert mais aussi le ciel, craignant d'y déceler les cercles funestes d'un charognard. La faiblesse de Syméon ne pouvait lui permettre de beaucoup s'éloigner du monastère, d'autant qu'il ne possédait que peu de vivres et d'eau. Ellade et Acepsime ne desserrèrent pas les lèvres, sinon pour boire une demi-gorgée d'eau chacun. Acepsime se rappela l'existence de ruines, à deux jours de marche de Téléda. Il sut nous y conduire sans trop de détours. Peu de vestiges subsistaient de cet ancien village déserté il y a bien des années, dont très peu de bâtiments avaient été construits en pierre. De petits enclos à chèvres demeuraient partiellement, murets édifiés en briques d'argile cuites au soleil telles que celle ayant conduit à l'exclusion de Syméon. Il nous sembla entendre une voix, ce qui nous effraya : dans le désert, seuls les démons se font entendre. Nous nous signâmes aussitôt, Ellade murmura une prière. Sous l'impulsion d'Acepsime nous remontâmes ce faible filet de voix comme on remonte un mince cours d'eau. Sa source se trouva être un puits. En approchant de celui-ci avec réticence, nous pûmes discerner que cette voix chantait un Psaume ! Je ne reconnus lequel, ni la voix de Syméon que j'avais entendu prononcer quelques mots mais jamais chanter, s'il est possible de qualifier de chant ce qui parvint à nos oreilles. C'était toutefois bien la sienne, comme il apparut après qu'Acepsime m'eut fait me pencher par-dessus la margelle pour regarder qui ou quoi chantait. Syméon s'en était remis à la Providence car ses vivres épuisés et son outre bue, il serait mort dans cette tombe à ciel ouvert. Il n'était pas si simple de descendre dans ce boyau et très difficile d'en remonter même pour un homme vigoureux, les parois étant constituées de pierres très ajustées n'offrant que peu de prise. Syméon nous ignora, paraissant ne pas entendre nos appels. Pour la première fois je m'adressai à lui, indiquant que nous étions envoyés par l'higoumène, précision inutile car comment serions-nous partis à sa recherche sinon sur ordre du chef de notre communauté ? Ellade ajouta que détruire sa vie est un horrible péché, car s'isoler de la sorte conduit à une mort certaine. Je fus désigné pour descendre dans le puits. Nous avions trouvé le seau de puisage mais non sa corde. Ellade eut l'idée de nouer bout à bout nos ceintures et les licols des ânes pour me rapprocher du fond du boyau. Ils me descendirent avec la plus grande peine malgré mon faible poids. Tenant l'extrémité de la corde à bout de bras je sautai, atteignant la terre humide sans me blesser ni tomber sur Syméon qui continuait à prier comme si je n'étais rien d'autre qu'un fragment de pierre détaché de la paroi. Je vis alors qu'il était agenouillé sur une brique d'argile ! Il resta sourd à mes paroles, indifférent à ma présence, et je me sentis misérable tant il m'impressionna. J'étais un intrus qui allait interrompre ses mortifications, certes sur ordre de l'higoumène, pour empêcher qu'il ne périsse au fond de ce piège, mais me tenir debout à ses côtés fit croître en moi un intense sentiment d'insignifiance, lequel en vérité jamais ne me quitta malgré ma réticence croissante à donner en exemple des actes aussi extrêmes. Je remarquai un bout de corde dépassant de sa tunique. Il ne s'agissait pas de la cordelette faisant office de ceinture, laquelle était en place. J'hésitai puis tirai dessus avec la plus grande délicatesse, comme s'il s'agissait d'un reptile assoupi, tout en m'excusant auprès de Syméon, lequel ne cessa pas de m'ignorer. Je compris qu'il s'agissait de la corde du seau de puisage. Acepsime me donnait des instructions au fur et à mesure. Il m'ordonna d'en prendre possession. Je découvris que Syméon s'en était sanglé à même la peau, la serrant jusqu'au sang. Sur l'ordre d'Acepsime je dénouai cette corde en fibres de palmier, fine et rugueuse, profondément incrustée dans la chair de Syméon qui poursuivit son oraison sans se préoccuper de ce qui advenait dans le monde, ce monde voué à disparaître et dont faisaient partie son corps, mes mains, la brique, le puits, la souffrance, la faim, la soif, Acepsime, Ellade, moi, les paroles que nous lui adressâmes et celles que nous renonçâmes à lui adresser. La corde du seau de puisage était longue mais trop peu solide pour supporter le poids de Syméon. Doublée et nouée à celle déjà utilisée pour me descendre dans le puits, elle permettrait de gagner plusieurs coudées, mais pas assez pour y attacher Syméon afin de le hisser. En regardant la brique d'argile où il se tenait, j'eus l'idée de demander à Acepsime et Ellade de me faire parvenir un nombre suffisant de briques qu'ils prélèveraient sur un des murs d'enclos. Ainsi firent-ils sous un soleil qui durcissait l'air à force de chaleur. Je les empilai au fur et à mesure pour former une sorte d'escalier rudimentaire dont la hauteur compenserait le manque de longueur de corde disponible. Je dus soulever Syméon par les aisselles et lui faire gravir le tas de briques sans qu'il s'y oppose, mais sans qu'il ne coopère davantage que ne l'aurait fait un sac de grains. Il cessa de chanter, poursuivant néanmoins son oraison en psalmodiant de façon inaudible. Je l'attachai à la corde dont l'autre extrémité fut fixée à un âne dont la force permit de le remonter. Syméon nous laissa l'asseoir sur une des bêtes et verser de l'eau entre ses lèvres, ce qui permit de le ramener vivant au monastère où il fut constaté que sa cheville droite s'était brisée, très probablement lors de sa réception au fond du puits.

Il resta quelque temps à Téléda d'où il partit peu avant le Carême pour n'y jamais revenir. Désireux qu'on ne se lance pas à sa recherche, il indiqua à Héliodore qu'il se retirait près du village de Tellnessin, au pied d'une montagne. Ce site était proche de celui où il ferait ériger sa dernière colonne et terminerait sa vie. Je ne le revis que plusieurs années plus tard mais l'écho de sa réputation grandissante parvint au monastère car les mots peuvent franchir les déserts et se mouvoir dans les silences les plus absolus, c'est là la démonstration de leur nature mystérieuse.

Arrivé à Tellnessin, Syméon se fit murer dans une cabane bâtie à distance du village, où il accomplit les quarante jours du Carême avec les dix pains que le prêtre du village lui avait imposé de prendre, ainsi que plusieurs cruches d'eau. À la fin du Carême, des villageois conduits par le prêtre enfoncèrent la porte ; ils le trouvèrent comme mort, mais parvinrent à le ranimer. Il restait six pains et une grande partie de l'eau. Cette prouesse fut connue d'endroits très éloignés de Tellnessin. Des rumeurs atteignirent Téléda, pleines d'anges sillonnant le ciel au-dessus de cette cabane où un homme ne pouvait pas s'allonger tant chaque mur était proche de celui d'en face, comme la tentation l'est du péché. La taille et le nombre de ces soldats célestes croissent à proportion de l'éloignement de ceux qui témoignent de leurs patrouilles. Toutefois ces exagérations concourent à l'édification des générations présentes et à venir, s'il y en a. L'épuisement du monde s'accélère. Les hérésies progressent, les étés sont trop chauds, les hivers trop froids, d'année en année les mers engloutissent davantage de navires, le contour de chaque chose s'estompe dans une lumière toujours moins vive, l'arbre d'obéissance se rabougrit. Il me semble que l'Archange ne tardera pas à annoncer la destruction de ce monde qui croupit tel un marais où de plus en plus profondément s'enlise l'humanité.

Syméon demeura en cette cabane trois ans. Les villageois de Tellnessin se réjouirent de cette présence qui permettait aux récoltes d'être abondantes, aux troupeaux d'engraisser et aux femmes d'engendrer des enfants mâles bien portants. À deux reprises, ils durent s'opposer à ceux d'un autre village ayant tenté d'enlever Syméon pour bénéficier des effets de sa sainteté. Libéré de toute règle, il laissa libre cours à son ascèse selon la voie lui convenant. Seule la disparition quotidienne du pain, des herbes, des fruits secs et de la jarre d'eau posés sur le petit guichet attestait qu'il vivait encore. Lors de ces trois années il ne fut vu qu'à trois reprises, après que sa porte eut été enfoncée afin de lui porter secours à l'issue du temps de Carême. Il sortait de nuit afin de satisfaire les besoins d'un corps brisé par l'impossibilité de se tenir debout et celle de s'allonger, un corps à demi occis par le jeûne et le manque de sommeil mais continuant à manifester ses exigences. C'est aussi de nuit qu'il mit fin à cette réclusion, sur instructions d'un ange selon la croyance commune, de sa propre initiative selon moi, parce que ne progressant plus dans la destruction de l'homme ancien il devait poursuivre ses austérités en un autre lieu et selon un autre mode.

Quant à moi, durant cette réclusion, je copiai des textes grecs concernant les vies d'Antoine et de Pacôme ainsi que de quelques autres saints. Il m'arriva souvent de songer que, même s'il n'avait inauguré aucun nouveau mode d'adoration de l'Éternel, Syméon n'était pas loin d'égaler ces pères fondateurs par la force et la constance de son ascèse. Je l'avais suffisamment connu pour ne pas juger excessives les rumeurs selon lesquelles il mangeait et dormait si peu qu'il ne s'était jamais rien vu de pareil de ce côté-ci du monde. Il se disait qu'il avait rendu son corps poreux à force d'austérités, permettant à l'âme d'en émaner comme son parfum de la fleur. J'ignorais alors que le saint à venir se tenait encore sous le boisseau et que la prochaine étape de son ascèse stupéfierait l'univers ; c'est alors que son nom rejoindrait ceux de saint Antoine et de saint Pacôme. Bien plus tard, lorsque ma connaissance du grec se fut améliorée, ma familiarité avec ces textes participa à me faire entreprendre le projet dont cette *Vie de Syméon* est la première pierre, la plus essentielle, fondatrice de ce qu'il me sera accordé de réaliser avant la fin des temps, ou le terme de celui m'étant échu.

Trois années s'étant écoulées, Syméon quitta sa cabane de Tellnessin et chemina vers l'est, bientôt rejoint par un cortège d'admirateurs et de curieux. Hommes, femmes, parfois accompagnés d'enfants, intégraient cette petite troupe qu'ils quittaient après quelque temps tandis que d'autres arrivaient. Certains parlent d'une poignée d'individus, d'autres d'une foule immense. Je penche pour un nombre variable, peut-être quinze à vingt personnes dont aucune, sinon Antoine et un ou deux autres disciples, n'accompagna Syméon tout au long de son parcours, de Tellnessin à Qala'at Sema'a, son nouveau lieu d'ascèse. Sa renommée était considérable mais sans commune mesure avec celle à venir. Là encore, sa persévérance suppléa à l'extrême faiblesse de son corps. Il passa de l'obscurité et de la plus parfaite immobilité à la lumière du désert, accomplissant un trajet éprouvant même pour un homme vigoureux. Sa réclusion avait fortement affaibli sa vue et ouvert des ulcères sur ses cuisses. Grisâtres, enflées, ses chevilles semblaient celles d'un mort, ce sont là les paroles d'Antoine. Après de nombreux jours de marche il parvint à une petite clairière, en contrebas de Telanissos, village situé au sommet d'une montagne, peuplé de quelques dizaines de paysans et bergers. J'ignore pourquoi il choisit cet endroit, ni comment il trouva les maigres chemins y conduisant. Si j'écarte les témoignages postant des anges à chaque carrefour ou les faisant voleter au-dessus de la tête de Syméon telles des libellules au-dessus d'un étang, j'en retiens néanmoins la vérité profonde : Dieu guide ceux qu'il a choisis. Arrivé à destination, Syméon entreprit d'édifier un enclos de pierres sèches semblable à ceux où l'on garde les troupeaux. Il monta les murets avec la plus grande peine et donc avec le plus grand bénéfice, l'extrême débilité de son corps faisant de chacun de ses gestes une mortification censée être agréable à Dieu. Pour cette raison il refusa toute aide. Lorsque l'enclos fut achevé, il commanda au forgeron du village une chaîne de fer de dix-huit coudées dont il fit river l'une des extrémités à un anneau enserrant sa cheville droite, l'autre à un lourd rocher placé à sa demande au centre de l'enclos. Avec le travail du métal, le transport du rocher était la seule chose qu'il ne pouvait accomplir seul, aussi le fidèle Antoine fit-il appel aux villageois qui tous se précipitèrent pour agréer au saint homme. Une des personnes ayant accompagné Syméon paya généreusement le forgeron, lequel refusa de recevoir davantage que le prix du fer, honoré d'offrir son art et sa peine à l'ascète aimé de Dieu. Dès lors il demeura en cet enclos d'où il n'aurait pu sortir même si sa volonté avait cédé, demeurant là comme une chèvre attachée à son piquet, avec le ciel pour toit, le Royaume des Cieux pour horizon. Il laissa son corps se consumer au soleil, aux privations continues. Ce sont là des faits avérés. Syméon ne s'embarrassa jamais d'interpréter au sens figuré les fondamentaux de la vie ascétique, non plus que les saintes Écritures. Enchaîner le corps dans les liens de l'ascèse se traduisit pour lui par la réclusion puis par l'enchaînement. Plus tard il s'installerait au sommet de sa première colonne afin de se rapprocher du ciel au sens le plus concret du terme. Syméon s'éleva progressivement vers Dieu par le simple acte de vivre au sommet de colonnes de hauteurs croissantes, compris en cela par la masse du peuple pour qui on parle d'autant plus facilement à l'Éternel qu'on se rapproche du Ciel. Là où mes semblables rivalisent d'arguties pour créer une nouvelle controverse, trancher un point de doctrine ou, à la façon des philosophes grecs, démontrer qu'une cruche n'est pas une cruche ou pas qu'une cruche, Syméon transposa les saintes Écritures en actes avec la sublime simplicité des analphabètes. Alors qu'il venait de sortir de l'enfance, il lui avait suffi d'entendre quelques-unes des Vérités lues par le prêtre de son village de Sisan, à la frontière de la Syrie et de la Cilicie, pour abandonner son bâton de berger et, de même que je le fis moi-même quelques années plus tard, rejoindre le monastère de Téléda. Jamais il n'apprit à lire ni écrire, pas même le copte. Il ne commença à répondre à ses visiteurs que du haut de sa dernière colonne. Avant cela, et après l'incident l'ayant opposé à Aphou le Buffle, sa bouche ne connut que les saintes Paroles, psalmodiées jusqu'à l'épuisement, et lorsqu'il fut dans l'obligation de s'adresser à des hommes tels que le forgeron de Telanissos, directement ou à travers Antoine, il eut la plus grande difficulté à former des mots. Pourtant, au terme de sa vie, ses paroles toucheraient les foules et jusqu'aux empereurs, gonflant les cœurs comme une voile emplie d'un grand vent frais. C'est là une chose étonnante, que je ne m'explique pas. Pour autant, cela témoigne-il d'une réelle attention à son prochain ? Je l'ai connu autant qu'on put le connaître, Antoine excepté, sans jamais réussir à croiser son regard. Or quelle valeur accorder à des paroles dépourvues de cette sève que prodigue un regard bienveillant, fussent-elles admirables ?

Une hutte grossière le protégeait des intempéries les plus violentes ; un peu de pain, des herbes et quelques fruits secs, de rares humectations d'huile d'olive préservaient son corps de l'effondrement total. Quoique éloigné des grands axes de communication, le village de Telanissos connut un afflux croissant de curieux, d'admirateurs issus de contrées de plus en plus lointaines à mesure que grandissait la réputation de Syméon. Ces pèlerins restaient quelques jours puis repartaient en propageant tout au long de leur trajet, puis dans leurs cités et villages, ce qu'ils avaient vu – et ce qu'ils imaginaient avoir vu. Les interminables oraisons de Syméon, enchaîné à son rocher, debout ou agenouillé, son visage inexpressif, sa maigreur extrême les frappaient de stupéfaction et d'admiration. Syméon cuisait au soleil comme une brique d'argile, il s'exposait aux rares mais cruelles morsures du froid, à des pluies pouvant être torrentielles, dédaignant le plus souvent la protection de sa hutte. Il s'offrait aux insultes et parfois aux coups que lui adressèrent certains moines de passage, lesquels voyaient dans ces mortifications un orgueil démesuré. Que son corps ait pu résister aussi longtemps aux privations et aux éléments est en soi inouï. Beaucoup de solitaires périssent d'épuisement, de chaleur, de maladies, d'infections quand ils ne sont pas tués par des scorpions ou des fauves. Certains chutent du haut de falaises, d'autres meurent de faim parce que leur disciple a quitté ce monde ou s'est détourné d'eux, lassé par leur absolue indifférence. Pour nombre d'ermites, éloignés de toute communauté, ignorés de tous, leur disciple constitue le seul lien les rattachant au monde, leur unique pourvoyeur de nourriture ; que celui-ci disparaisse et le solitaire ne tarde pas à s'éteindre comme une lampe privée d'huile. Antoine fut le disciple le plus fidèle de Syméon ; il se consacra à lui dès la période de Tellnessin et l'accompagna jusqu'à la fin. Homme simple, il ne parlait que rarement et ne m'apprit que fort peu de chose lorsque je l'interrogeai. Il disparut le lendemain de la mort de Syméon, personne n'entendit plus jamais parler de lui.

Après son second et définitif départ de Téléda, je ne revis plus Syméon avant de nombreuses saisons sans jamais me sentir séparé de lui. Il resta ancré dans ma pensée comme un piton au milieu du flot mouvant des années, repère inébranlable. Copiant des mots écrits par d'autres, relatant des faits vécus par d'autres, je laissais le nom de Syméon m'habiter comme un récit en cours, un récit aux contours flottants qu'aucun calame n'avait commencé à figer. Nous avions été membres de la même communauté ; j'avais travaillé à ses côtés, passé du temps à l'observer, vu brûler sa main dans un four à pain, contribué à le sortir d'un puits. Il s'était ceint le front de mes bandages souillés, certaines de mes humeurs avaient imprégné sa peau. Je ne faisais pas partie de son histoire mais la mienne s'inscrivait dans son ombre. Pour autant, j'ignorais devoir devenir celui qui s'en ferait le témoin. Plus tard, bien plus tard, nommé évêque de Cyr et requis par ce récit à écrire, je me rendrais à Telanissos où je verrais l'enclos de pierres sèches, le rocher et trois ou quatre coudées d'une chaîne terminée par un étroit cercle de fer, présentée comme les restes de celle rivée à Syméon. Observant de près l'intérieur de cet anneau, j'y discernerais des traces brunâtres pouvant être du sang séché. Je recueillerais de nombreux témoignages confirmant la constance de son ascèse. En questionnant plus de vingt villageois de Telanissos et bien d'autres personnes encore, en particulier à Antioche, je découvrirais pourquoi il avait modifié les conditions de cette ascèse du jour au lendemain, aussi soudainement qu'il avait mis un terme à sa réclusion à Tellnessin. Si les raisons l'ayant conduit à quitter sa cabane de Tellnessin restent sujettes à suppositions, mais sont probablement intérieures à Syméon, celle ayant conduit à sa sortie de l'enclos lui est extérieure. L'homme qui en fut à l'origine se vanta jusqu'à la fin de ses jours d'avoir pris Syméon en défaut. Si ce raisonnement n'est pas absolument faux dans l'ordre des faits, il n'est qu'orgueil et donc péché majeur dans le seul ordre auquel il convient de se référer, l'ordre divin, hors duquel rien n'est vrai. Mélèce, le patriarche d'Antioche, car c'est de lui qu'il s'agit, se déplaçait volontiers auprès des ascètes dont le nom lui parvenait. Il aimait leur poser des questions, évaluer leurs mérites, s'assurer qu'ils ne pouvaient initier, fût-ce involontairement, aucune hérésie. Ainsi que je le fis moi-même des années durant, il lui arrivait d'accompagner un proche de l'empereur désireux de voir l'un de ces athlètes de l'exil pour les mêmes raisons qu'il aimait regarder, dans les arènes de Rome ou d'Alexandrie, combattre lutteurs et gladiateurs. Et il est vrai que l'ascète se trouve dans le désert comme en une arène où il doit incessamment combattre contre les démons, c'est-à-dire contre lui-même, car, contrairement aux fauves lâchés dans les cirques, les démons ne peuvent rien contre une foi inébranlable. Ils sont rusés, obstinés, extrêmement effrayants ou séduisants mais ne peuvent porter atteinte au corps charnel de l'ascète. Saint Antoine le savait, qui fut assailli dans le tombeau qu'il occupa près de Pispil, vingt ans durant, par des légions de créatures infernales, inutilement nombreuses, qui sans relâche le persécutèrent. Une seule d'entre elles, si le pouvoir lui en avait été donné, eût suffi à le mettre en pièces. Les démons changent d'aspect à volonté, ils produisent des hurlements terrifiants mais leurs griffes, leurs crocs, leurs cornes ne peuvent déchirer que les âmes des damnés. Saint Antoine leur rappela que l'ange envoyé par Dieu contre les Assyriens n'avait ni montré un visage effrayant ni produit de cris glaçant le sang; en toute simplicité, sans mot dire, il avait exterminé en un instant cent quatre-vingt-cinq mille soldats du roi Sanchéribe, lequel leva son camp et repartit à Ninive avec les lambeaux de son armée. Bien plus sont à craindre ces images venues du plus lointain passé et qui jamais ne s'effacent définitivement. Combien est édifiant cet aveu de saint Pachon rapporté par son disciple, aveu selon lequel il restait hanté par l'image d'une jeune Égyptienne qu'il avait vue ramasser des épis de blé, car il dit cela après avoir vécu quarante ans reclus en sa cellule et être devenu un des plus remarquables ascètes de son temps! Pour ma part, je n'ai jamais tout à fait oublié une certaine silhouette ni une certaine ligne de sourcils. Certains démons sont des rayons de miel dont la suavité peut engloutir en un instant le plus méritant des solitaires, comme les sables du Nil engloutissent des buffles ayant jusqu'alors échappé aux fauves les plus féroces. Mélèce, donc, ayant observé Syméon chargé de fer, déclara à voix haute, de façon à en être entendu, que les entraves dont on se charge sont d'autant plus lourdes que la foi est faible. Il en conclut que celle de Syméon devait être bien fragile car sa chaîne et le rocher auquel elle était reliée auraient suffi à neutraliser un taureau. Par ces quelques paroles, Mélèce conduisit Syméon à modifier la forme de son ascèse. Certains mots ont le pouvoir de dissiper une partie de cette obscurité qui nous enveloppe du simple fait que nous sommes au-dessus de toutes les autres formes de vie peuplant la terre, les eaux et les airs. Les mots nous séparent des animaux et des plantes, ils peuvent aussi nous séparer de nos proches, nous rapprocher de nos ennemis d'hier, infléchir nos vies en un instant, y instiller l'erreur ou la Vérité. Ils se vrillent en nous, s'accrochent tel l'hameçon à la gueule du poisson. Du plus profond de son oraison, du plus profond de sa fatigue, Syméon perçut la vérité des paroles du patriarche et prit aussitôt sa décision. Il fit mander le forgeron afin qu'il le libère de sa chaîne et continua son ascèse enchaîné à sa seule volonté, laquelle, lors des trois années suivantes, s'avéra aussi solide que des anneaux de fer.

Quant à moi, ce n'est ni une entrave de métal ni ma volonté mais une longue chaîne de mots qui depuis toujours m'enchaîne. Je regarde mon anneau épiscopal et pense à celui, de fer rouillé, qui enserra la cheville de Syméon. Je regarde la brique d'argile portant la trace des genoux de Syméon et songe aux coussins de velours offerts à mes genoux épiscopaux. Je revois ma vie, tissée de compromis, et médite la sienne, d'une lumineuse évidence. Là où les hommes cultivent leurs affections, leurs intérêts et jusqu'à leur foi comme autant de lopins de terre, mesurant leur temps et leur peine, il se donna entièrement à Dieu.

En se tenant hors de l'enclos, Syméon se mit à portée de ses visiteurs. Certains le touchèrent, chuchotèrent à son oreille, d'autres tentèrent de prélever un fil de sa tunique ou même l'un de ses cheveux. Il en fut qui se roulèrent à ses pieds en réclamant un exorcisme, les yeux convulsés et bavant abondamment. Le plus grand nombre sollicitait une simple bénédiction. Tous étaient chassés par Antoine ou quelque autre disciple sans que Syméon semblât les remarquer. Antoine cassa plusieurs bâtons sur le dos des plus importuns et fut lui-même plus d'une fois roué de coups. Syméon resta indifférent à ces marques de dévotion ou de rapacité. De même, jamais son regard ne se posa sur aucun des visages qui l'entouraient, pas plus que sur les variations de la végétation ou sur les troupeaux, car tout ce que porte cette Terre est voué à disparaître. En six ans passés en ce lieu il ne s'exprima qu'à deux reprises, la première pour se faire enchaîner, la seconde pour être désentravé.

Quant à Antoine, il ne lui adressa jamais la parole, sinon tous les deux ou trois ans comme je l'appris de la bouche même de celui-ci. Tous ses visiteurs se découragèrent de son absence de réactions et repartirent dans des humeurs diverses mais toujours profondément impressionnés.

Cette cohue rendit impossible la poursuite de l'ascèse de Syméon bien qu'en toutes circonstances il demeurât parfaitement impassible. Sans doute accueillit-il ces épreuves comme une difficulté supplémentaire à surmonter, ou bien cela ne l'atteignit-il tout simplement pas tant il était déjà avancé sur le chemin de la grâce et son départ fut-il causé par la nécessité d'accomplir la prochaine étape de son prodigieux destin. Une troupe de villageois s'opposèrent au départ du saint, craignant qu'en son absence des calamités ne s'abattent sur la région. Certains affirment qu'après qu'il eut quitté Telanissos des pluies diluviennes ravagèrent la région, d'autres assurent qu'une sécheresse brûla toutes les récoltes, d'autres témoignent avoir vu des nuées de sauterelles s'abattre sur les champs et les troupeaux périr d'un mal inconnu. Or, il n'y a pas d'exemple dans les Écritures, ni dans aucune relation de la vie des saints, de fléaux voulus par Dieu en pareilles circonstances.

Avec cette rectitude qui dicta chaque étape de son existence terrestre, Syméon regagna la plaine qu'il traversa à nouveau, refaisant le trajet en sens inverse, pour rejoindre une colline proche de Qala'at Sema'a. Les échos de ce voyage me parvinrent comme un appel à quitter le monastère, ma tâche de copiste, et à me lancer, moi aussi, dans cet inconnu qu'est le départ au désert.

Je quittai le monastère de Téléda douze ans après y avoir été admis. Je pris cette décision alors que Syméon s'était déjà installé sur sa première colonne, d'une hauteur de six coudées, érigée grâce aux dons recueillis par Antoine et quelques autres, ce dont je serais informé à mon retour du désert, éprouvant alors stupéfaction, émerveillement et, je l'avoue, une part non négligeable de ce sentiment si difficile à extirper, de ce péché qui advient lorsque l'homme ne se contente pas de ce que Dieu lui octroie. Après quatre ans écoulés au faîte de cette colonne, Syméon la quitta pour une autre éminence, de douze coudées. Il s'y tiendra douze ans avant d'en passer douze autres sur une troisième de vingt-deux coudées puis terminer son existence terrestre sur une ultime colonne culminant à trente-six coudées d'où il rayonna sur l'univers habité seize ans durant. Je donne là des éléments précis car la vérité est de contours clairs et avérés.

Depuis mon arrivée au monastère, Acepsime, Aphou le Buffle et quelques autres moines avaient rejoint le Royaume des Cieux. Ellade, Onuphre, Sisoès, Poimen, Bénofer et une soixantaine de frères poursuivaient sous l'égide d'Héliodore leurs quêtes selon la règle, cette règle dont je décidai de sortir pour m'en aller vivre selon celle du désert. J'allais devoir lutter, seul contre moi-même, sans l'assise de la communauté, de ses rythmes qui contraignent mais soutiennent car la vie monastique unit les prières en un chœur agréable à Dieu. Elle permet de vivre ensemble, chacun dans sa solitude mais en concourant à faire de la communauté humaine quelque chose d'acceptable au regard de l'éternité qui nous fonde et nous appelle. Certes, certains frères semblent n'exister que pour mettre les autres membres du monastère à l'épreuve tant les qualités qu'ils ne peuvent manquer de receler – la charité chrétienne nous oblige à les supposer bien réelles – restent profondément enfouies en eux, dissimulées par leurs irritants travers. Mais ils sont là, prenant leur part dans cette lutte continuelle contre le relâchement qui est le lot de chacun, particulièrement lorsque le moine se retrouve seul en sa cellule, loin du regard des autres et des tâches qui requièrent toute l'attention du corps et de l'esprit. Il est étonnant de constater à quel point les plus forts parmi ceux des hommes sont faibles car le péché originel fait de nous des cruches fêlées traversées de vents mauvais.

Je fis donc le choix de quitter Téléda, d'affronter le désert. Je choisis un village abandonné dont le puits, étais-je informé, laissait sourdre assez d'eau pour qu'un homme puisse survivre. J'informai l'higoumène de mon projet bien avant mon départ, ne manquant pas de préciser ce qui pourtant allait de soi, qu'il devrait m'être apporté régulièrement de quoi ne pas mourir de faim. C'était là une première défaillance car comment prétendre s'abandonner à Dieu tout en exigeant des garanties ? A-t-on déjà vu un pêcheur partir jeter ses filets à condition que le lac lui promette d'abord de l'alourdir de poissons ? Héliodore écouta ma requête sans réagir ; ses traits restèrent moins vivants que certains des textes que je copiais, tressés de mots sachant refléter les mouvements de l'âme du saint dont ils relataient la vie. Je franchis le seuil du monastère sans savoir si l'higoumène donnerait une suite favorable à ma requête. Je me rassurai en songeant qu'il m'avait envoyé, avec d'autres, à la recherche de Syméon, pourtant exclu par lui-même, afin qu'il ne périsse pas. Mais peut-être ce sauvetage faisait-il partie du projet divin d'utiliser Syméon pour éclairer l'univers. Mon cœur se serra lorsque je compris qu'Héliodore put aussi s'en remettre à la Providence. En ce cas, je ne pouvais que faire de même. En effet, que serait une quête visant au silence absolu du cœur et des pensées afin de se rapprocher de Dieu, fondée sur un manque de confiance en la Providence? Syméon n'avait pas hésité à confier son sort à la volonté divine en descendant dans un puits dont il n'aurait pu sortir sans aide. Il était parti sans rien indiquer de ses intentions, s'en remettant entièrement à Dieu, insoucieux du jour où l'eau et le pain manqueraient. Pour ma part, j'étais chargé de deux grosses miches, de fruits secs et de quatre outres. J'emportai aussi quelques rouleaux portant les paroles des Apôtres, deux couvertures de laine, une longue cordelette et une petite pièce de coton. Je descendis le chemin en tentant de me rassurer mais les pensées aiment rouler les unes sur les autres comme des galets; je pensais qu'Héliodore pourrait vouloir éprouver la vigueur de ma foi, ne me faire parvenir du pain qu'après m'avoir laissé jeûner jusqu'à l'extrême limite de mes forces. Il pourrait préjuger de celles-ci et ses envoyés trouver le cadavre d'un homme mort de faim ! Je fus donc soulagé lorsque le jeune Domnine se présenta à moi, alors que je m'étais éloigné de deux ou trois stades de Téléda. Il portait quatre outres, plusieurs pains cuits par Poimen, à la façon de Thèbes, afin de se conserver toute une année, et quelques kilos de fruits secs. Mes pas se firent plus légers. Héliodore avait chargé le plus jeune des postulants au noviciat de m'accompagner jusqu'à mon lieu d'ascèse pour en connaître la localisation et pouvoir me fournir en nourriture au terme d'un cycle saisonnier complet, lorsque les graines plantées lors de mon départ auraient donné des récoltes transformées en pain. Je n'avais pas prévu une période d'isolement aussi longue, rendue possible par ces maudits boulangers thébains ! Je tentai furtivement de capter dans son regard un peu de cette admiration qui devait briller dans le mien lorsque j'étais en présence de Syméon. Je me plus à penser que j'avais un disciple ! Domnine garda les yeux baissés et je résolus de ne rien manger jusqu'au lendemain en pénitence de ce dérisoire moment d'orgueil. Le monastère était encore en vue que j'avais déjà commis l'un des péchés capitaux ! Les démons devaient se réjouir d'une proie si faible qu'elle se mettait à boiter avant même de s'être extraite du troupeau !

Je marchais le plus vite possible pour m'éloigner des murs entre lesquels j'étais passé de la fin de l'enfance à l'âge adulte, suivi à distance par Domnine. C'est en vain que je tentais de me remémorer des passages des vies de saint Antoine et de saint Pacôme dont je connaissais pourtant des passages entiers tant je les avais copiés de très nombreuses fois. Je savais partir vers quelque chose d'incommensurable, quelque chose de beau, de brutal, de destructeur. Ce départ me parut avoir été décidé par un autre que moi, prompt à se jeter dans le vide avant de disparaître en me laissant terminer sa chute ! Oui, je me sentis écrasé par l'énormité de cette décision à laquelle personne ne s'était opposé, dont nul ne s'était réjoui. J'accélérai encore mon pas comme si je pouvais me distancer moi-même et laisser mon angoisse derrière moi. J'en vins à songer avec nostalgie aux averses de pleurs et de coups de bâton ayant précédé mon départ de Tillina. L'indifférence absolue de l'higoumène, de Bénofer et des frères me pesa. Les choses étaient telles qu'elles devaient être, je ne l'ignorais pas, néanmoins mon cœur s'alourdit immensément.

Nous marchâmes vers le sud, Domnine se tenant à quelques pas derrière moi. Nous restions liés par le silence qu'imposent la règle du monastère et celle aussi du désert où l'eau est bien plus précieuse que les mots. Nous eûmes à traverser la bande de nitre et de sel, à poser la semelle de nos sandales sur son âpre incandescence, à protéger nos yeux d'une lumière qui n'éclaire pas mais calcine. J'eus la certitude que Syméon se serait arrêté précisément en cet endroit pour se mortifier jusqu'à l'extrême limite de ses forces. Je compris alors que l'ombre allongée qui me précédait était la sienne. C'était celle de mon corps mais celle aussi de Syméon, tout comme mon ascèse serait la mienne mais celle aussi de Syméon. Toujours il me précéderait, aussi inatteignable que l'horizon, cette limite jamais franchie par aucun homme car au-delà cesse le sol où vivent les vivants et en lequel attendent les morts. Plus qu'un exemple, il était devenu pour moi l'incarnation d'un récit quasi mythique, son nom celui d'une grandiose histoire en cours et que je m'apprêtais à singer, poursuivant dans la réalité mon œuvre de copiste. Avant de devenir le phare universel que l'on sait, Syméon fut mon phare personnel, un exemple inégalable dont la lumière parfois me donna la force de poursuivre, souvent me frappa de découragement tant je me savais incapable d'atteindre à cette intensité. Nous progressâmes sur la croûte de feu, pris dans l'étau de deux fournaises, celle d'ici-bas reflétant celle d'en haut. L'accablement de mon esprit se fondit dans l'épuisement de mon corps, le doute mordit cruellement mes entrailles. L'admiration que je portais à Syméon ne me poussait-elle pas à choisir une voie où ne se risquaient pas nombre de moines très pieux et d'une foi autrement plus puissante que la mienne? N'avais-je pas pris une décision hâtive? Mes lectures, mes copies de vies de saints partis au désert ne m'avaient-elles pas porté à la tête? Je doutai. Oui, je doutai des raisons m'ayant conduit à quitter ma communauté, de la justesse de ma décision, de ma capacité à affronter le désert. Je doutai pouvoir briser mon corps. Comment parviendrais-je à le vaincre alors même que je ne parvenais pas à l'empêcher de m'entraîner avec lui dans le sommeil? Ce corps, j'allais devoir le rendre semblable à une vieille cabane afin que la lumière divine l'investisse tel un feu embrasant toit et murs, ne laissant qu'un tas de cendres bientôt dispersées par le souffle des anges. Oui, il devrait se consumer pour que mon âme se fassc semblable à ce sol de nitre et de sel brûlant d'un feu sans flammes ni ombres. Il n'était pas trop tard pour renoncer. Ce serait faire preuve d'humilité, de modestie. Héliodore approuverait que le moineau reconnaisse n'être pas un aigle. Et ce moineau aurait néanmoins le courage d'un aigle puisqu'il se présenterait devant la communauté sans rougir de son renoncement ! Mais je fis ce qui sur l'instant était le moins difficile, poursuivre ma route.

Nous arrivâmes à destination trois jours plus tard, à la nuit tombée, épuisés. Des ruines se dressaient, épaissies par la pénombre, plus mortes que des ossements car les bâtiments qu'elles furent jamais ne ressusciteraient. Les toits de palmes s'étaient effondrés ou envolés. Seules les briques d'argile, fendillées, descellées, fragiles et tenaces, conservaient leur forme. Il restait fort peu de traces de ceux ayant vécu ici. La famine avait chassé vers le nord ou vers l'ouest ceux qu'elle n'avait pas engloutis ; je découvris plus tard quelques fragments de poteries, un bâton ayant servi à conduire les bêtes, un morceau de couverture, une navette brisée de métier à tisser, un petit jouet de terre cuite en forme de char. Le puits était presque tout à fait tari, ses parois suintaient à peine. La mince couche arable avait été usée par le khamsim, emportée par le sirocco, transformée en poussière stérile. Des maisons s'étaient élevées ici, abritant des hommes dont les possessions, fussent-elles dérisoires, et leur sommeil, fût-il rongé par la précarité de leur existence, avaient été détruits par l'assèchement du puits.

Héliodore n'avait pas jugé nécessaire de fournir à Domnine un des ânes de Sisoès pour faciliter son retour à Téléda. Ce qui restait de l'eau emportée lui permettrait de regagner le monastère s'il savait être économe de ce liquide dont l'absence crée des déserts de sable où l'on meurt de soif, la surabondance des déserts d'eau où l'on périt noyé. Le puits offrait si peu d'eau qu'une gourde n'aurait pu en recueillir suffisamment avant longtemps. Domnine était robuste, il connaissait le désert et souhaitait être admis comme novice. Sa soif de Dieu suppléerait à celle de son corps et si le désert l'abattait, alors paix à son âme, rien en ce monde ni en l'autre n'advient hors de la volonté divine. Il somnola tandis que je priais sous un ciel criblé d'étoiles comme un jardin de printemps, lorsque les graines s'étirent vers la lumière pour devenir couleurs. Plus tard, il m'apparut que cette première nuit de prière était en partie destinée à provoquer l'admiration de Domnine. Je persistais à vouloir être son Syméon, un exemple à suivre. J'aurais aimé faire naître en lui des mots qu'il sèmerait à son retour au monastère, premiers germes de ma réputation. Il repartit avant le lever du jour. Nous n'avions échangé aucune parole, pourtant son départ épaissit considérablement le silence.

Une dizaine de palmiers et quelques broussailles épineuses parsemaient les ruines. Le premier jour je ne vis ni lézard ni scorpion, aucune de ces créatures qui vivent entre sable et chaleur, mais nombreuses et affairées étaient les fourmis ayant pénétré le sac contenant ma nourriture pour l'année à venir. J'entrepris donc de construire une niche en briques d'argile pour y entreposer le pain et les fruits secs, colmatant les interstices avec un mélange de terre, de sable et d'eau, sachant que les fourmis en trouveraient le chemin comme toujours le péché trouve celui de nos cœurs. Préserver ma nourriture m'occuperait longuement et deviendrait l'un des piliers de mon ascèse, car recueillir l'eau nécessaire à la fabrication de ce grossier mortier nécessiterait du temps et de l'application, de l'humilité, beaucoup d'efforts pour un résultat infime. Mes genoux meurtris par la rudesse de la margelle, mon dos courbé sous un soleil calcinant, ma face penchée vers le fond du puits pour que ma main puisse guider le chiffon, la dérisoire quantité d'eau recueillie endoloriraient mon corps et videraient mon esprit. Le temps se concentrerait dans ce chiffon que je plaquais à la paroi afin qu'il s'imprègne d'un peu d'eau, le plus souvent d'humidité seulement.

Après la fatigue du trajet et une nuit de veille, cette première journée fut interminable, annonciatrice des souffrances à venir. Mon corps réclamait le repos dont il avait été privé tout au long d'une nuit parcourue de bruits légers dont j'ignorais s'ils étaient le fait de quelque animal furtif ou de démons aux aguets. Je gravis les premiers degrés d'une fatigue qui ne devait plus me quitter, pareille à une dette dont les intérêts ne cessent de croître. Les nuits ne reculaient pas avant de céder devant la lumière du jour comme il se doit, non, elles se dissolvaient brusquement dans l'aveuglante chaleur déversée comme une colère par le soleil. Cette lumière était une ire jamais apaisée, brûlante, vindicative, sauvage. Du côté du nord, l'insoutenable éclat de la croûte de nitre et de sel dissimulait la montagne où s'adossait le monastère de Téléda, repoussant le regard vers les autres points cardinaux où il se diluait dans des lointains sans relief, se perdait dans une étendue de poussière, de roches et de sable, sous un ciel uniformément blanc. L'excès de lumière tue les couleurs, délite les nuances, décharne les ombres et ralentit le temps. Comme ils furent difficiles, ces premiers temps parmi des vestiges rappelant que rien ne résiste au passage des ans, dans ce chaos de bâtiments effondrés où je n'avais aucune autre place que celle à venir, encore inexistante, tout entière contenue dans ma seule volonté déjà minée par la fatigue comme ces poutres dévorées de l'intérieur, peu à peu transformées en poussière par des colonies d'insectes voraces ! Oui, comme ils furent difficiles ces premiers jours et comme par la suite jamais ils ne s'allégèrent ! Le jeûne, le manque de sommeil me rendirent chaque geste, chaque pas, chaque pensée aussi pesants qu'une montagne. L'immobilité elle-même devint fardeau. Le moindre déplacement me coûtait un grand effort, ce qui était une bonne chose car cela me serait crédité au moment du décompte de mes actes dont aucun n'échappait à l'œil sans paupière des anges, ni à celui rougeoyant des démons. J'en étais convaincu, aujourd'hui je doute fort que nos souffrances soient d'emblée portées à notre crédit; elles sont une pierre inévitable pour qui choisit la voie du désert, jamais la clé de voûte d'une vie sainte, laquelle est la foi.

Je pensais à mon travail de copiste, à mon quotidien à Téléda comme à des temps heureux déjà très anciens. J'avais tant vécu avec les mots que leurs frêles silhouettes colonisaient ma vie ainsi que les herbes les plaines de l'ouest, d'une présence souple mais tenace, enveloppante. Mon calame me manquait cruellement. À la lisière de ce qui fut un village où vécurent des êtres soumis aux éléments, à la fertilité du sol, à celle de leurs bêtes et, même s'ils l'ignoraient, à celle aussi de leurs âmes, je découvris une cabane dont subsistait suffisamment de toiture pour m'y abriter en cas de nécessité. Ces ruines, croyais-je alors, étaient le lieu où se clôturerait mon existence terrestre, la forge où se fortifierait ma foi, l'autel où j'espérais devenir semblable à Syméon, un tournesol de chair entièrement tourné vers la lumière divine. Cela témoigne de la présomption démesurée qui était la mienne avant que le désert ne la réduise à néant. Je parcourais mon royaume de solitude et de silence en chancelant d'épuisement.

Peu après mon arrivée, je trébuchai et m'effondrai. Ma tête heurta le sol ; je restai là assez longtemps, assommé puis sans doute endormi. Mes yeux brûlés par la fatigue, aux paupières collées par les larmes, blessés par la lumière, s'ouvrirent sur la poussière du sol, sur ses grains minuscules dont chacun, pourtant d'une petitesse et d'une insignifiance absolues, pensai-je alors en une illumination, se joint aux autres pour constituer ce monde où les hommes accomplissent leurs destins, brefs ou lourds d'années, vivent des existences agréables à Dieu ou qui seront expiées dans la géhenne. Chaque grain a sa raison d'être puisque créé par l'Éternel pour façonner déserts, plaines et montagnes. Je m'attachai à fixer un grain de sable, à l'isoler des autres jusqu'à me voir pareil à lui, aussi insignifiant, aussi nu, aussi perdu dans cette immensité calcinée. L'idée me vint ensuite que les océans où flottent des îles sont constitués de gouttes d'eau identiques à celles qui s'écoulent de nos yeux et sourdent de nos corps. Émerveillé, frappé de gratitude et de crainte envers ce Dieu tout-puissant, je m'agenouillai, les bras en croix comme je l'avais vu faire à Syméon et Baradate. J'échouai à tenir longtemps cette position ; très vite mes épaules durcirent, leurs muscles se contractèrent en une boule de douleur et mes bras fléchirent vers le sol car cette posture constitue l'une des austérités les plus féroces, elle déchire le corps et soumet la volonté. Mon corps était plus jeune et plus vigoureux que les leurs mais leur foi était un cèdre aux racines profondes, s'élevant haut vers le ciel, la mienne un frêle arbrisseau couché par la plus légère brise, ployant sous le poids de ses bourgeons, incapable de porter le moindre fruit.

Jours et nuits se fondirent en un seul écoulement de fatigue, et en quelques semaines le doute et la désespérance ensablèrent mon âme. Je n'avais d'autres nécessités que prier et survivre. Pourtant je priais peu et mal, je survivais sans le mériter. Il arriva que je trouvai une forme abjecte de réconfort en cherchant un motif de mettre fin à mon ascèse, recevable par Héliodore et la communauté des frères. Je n'en découvris aucun de satisfaisant, quand bien même des nomades passeraient auxquels je pourrais me joindre ou qui me céderaient suffisamment d'eau pour rejoindre Téléda. J'étais comme ces prisonniers imaginant ce qu'ils feraient de leur vie s'ils recouvraient la liberté tout en sachant qu'ils périront dans le cachot où les ont jetés leurs crimes ou l'infamie des princes. Ainsi imaginais-je de possibles retours à ma vie antérieure, à mes rouleaux, à mon calame et à la reprise de l'écoulement du temps.

Je souhaitais que Domnine se soit égaré, ait survécu et revienne vers moi. J'espérais apercevoir sa silhouette au loin, vibrant dans l'air surchauffé, puis s'affermir ses contours et le voir approcher en m'adressant des signes. Je me sentais seul, désespérément seul ; mon âme se racornissait, elle se fendillait tels les crânes exposés au soleil. Je pleurais abondamment, la prière me fuyait ; les mots, mes alliés de toujours, se refusaient à moi. Je scrutais le désert avec d'autant plus d'acharnement que sa lumière me devenait insupportable. Vint le moment où il me fut impossible d'entretenir aucun espoir. Domnine avait rejoint le monastère ou était mort de soif. Mon imagination enflait à proportion que s'amoindrissait mon âme. Je fabulais alors qu'Héliodore, ne le voyant pas revenir, avait envoyé des frères à sa recherche comme il l'avait fait pour Syméon et que cette délégation, ayant trouvé son corps, remonterait jusqu'à moi pour s'assurer de ma survie. Je poursuivis donc mes guets, espérant déceler non plus un mais plusieurs points se mouvant en ma direction. J'allais jusqu'à souhaiter ardemment la mort de Domnine, m'enfonçant dans le péché, un péché qu'aujourd'hui encore je porte en moi car la noirceur jamais ne s'efface totalement, elle devient consubstantielle à l'âme. Il fallait qu'il soit mort pour que des frères, montés sur des ânes, apparaissent au loin, rompent la fixité de cette plaine désertique et que le temps reprenne son cours. Il fallait que son corps ait péri pour que mon âme puisse revivre. Oui, je souhaitais sa mort pour pouvoir regagner le monastère en compagnie de la délégation envoyée par l'higoumène. Il me suffirait de simuler une perte de connaissance pour qu'ils m'emmènent. Je pourrais invoquer un état de santé défaillant, l'impossibilité de recueillir suffisamment d'eau, le vol par un animal de ma nourriture. Tout cela n'était certes pas l'exacte vérité mais ne s'en éloignait pas exagérément, me convainquais-je. Aux yeux d'Héliodore et des frères, la précoce rupture de mon ascèse ne résulterait pas de la faiblesse de ma volonté mais de celle de mon corps. On l'imputerait à un excès d'austérités, ma place au sein de la communauté s'en trouverait renforcée. La prière et la pénitence me permettraient ensuite d'expier mes mensonges et mon orgueil. Je peaufinais les circonstances de mon retour à Téléda, m'attachant à chaque détail, les modifiant d'une fois à l'autre que mon esprit se réfugiait dans cette fiction tandis que mon âme se calcinait jusqu'à n'être plus que cendres et nuit. J'en oubliais que l'on peut tromper les hommes et soi-même, mais pas Dieu ! Mon épuisement était tel que maintenir cet espoir devint impossible. Je devins pareil à l'homme si proche de mourir de soif qu'il n'a plus la force de porter la louche d'eau fraîche à ses lèvres et la laisse choir.

Personne jamais ne vint.

Les semaines, les mois s'écoulèrent à travers moi en emportant toujours davantage. Les ombres lentement se déplaçaient, se déformaient, disparaissaient, les étoiles brillaient puis s'effaçaient et le soleil à nouveau m'enserrait en un cilice de chaleur tandis que l'épuisement resserrait encore son étreinte. J'avais assez lu et copié de témoignages d'anachorètes pour savoir que l'isolement absolu, l'absence de tout événement extérieur rongent les âmes les plus fortes. La solitude ralentit l'écoulement des heures, chacune devient une éternité vide et stérile. C'est au plus fort de la chaleur, au plus aveuglant de la lumière, que le doute, l'accablement, s'abattent sur le solitaire avec une violence toute particulière. Le plein midi est l'heure des démons. Lorsque le soleil parvenait à la moitié de sa course, la solitude, la monotonie de mes jours et de mes nuits me devenaient insupportables, toute concentration impossible. Je sombrais dans le mal du désert, cette dilution du temps et de l'âme, laquelle n'est autre chose que le symptôme d'une foi insuffisante. Il s'agit là d'une forme toute particulière de désespoir qui rend inapte à rien ressentir d'autre qu'ennui, dégoût de la prière, découragement. Cette désespérance gagna la totalité de mon âme, je devins incapable de prier, de lire, de trouver le moindre sens à ma présence au milieu des ruines. J'ânonnais à grand-peine les Psaumes, me découvrant frappé de cécité spirituelle car dans ma bouche ce n'étaient plus que des sons se répondant les uns aux autres comme ceux du marteau des charpentiers emplissant le vide des charpentes. De ces fruits juteux, gorgés de sève et de lumière, ne restait qu'une écorce flétrie, ridée comme le cuir des bêtes crevées. Je ressentais combien ces mots inhabités étaient aussi inutiles que des pierres jetées dans le désert afin de le paver. La lecture des rouleaux devint une pénitence car leurs caractères flottaient devant mes yeux sans que je les reconnaisse. Je me sentais piégé, comme emmuré entre ciel et terre, prisonnier de ce désert où rien n'advenait ni n'adviendrait. J'alternais de brèves périodes où je me consumais d'amour pour Dieu et de longues journées, d'interminables nuits d'abattement. De plus de plus fréquemment, mes deux mains tentant de protéger mes yeux de la lumière, je me surpris à chercher une ponctuation du désert par une caravane de nomades, peut-être par la silhouette trébuchante d'un solitaire venu me visiter comme il arrive dans les récits narrant des vies de saints. C'était là chose non seulement inutile mais aussi un péché d'orgueil car ma réputation ne dépassait pas le cercle des fourmis, les seules créatures animées que je vis avant qu'un lézard n'apparaisse de temps à autre aux abords du puits. J'en vins à observer avec avidité l'affairement des fourmis, à guetter l'apparition du lézard. Ma vision troublée par le jeûne et les veilles, brouillée par les pleurs, je m'entêtais à scruter l'horizon dans l'espoir de voir un point se déplacer dans cette immensité ; même la silhouette maigre et fuyante d'un chacal m'eût grandement réjoui. Je fixais l'immensité de sable alors même que je venais de le faire, m'abandonnant au désespoir et finissant par me prostrer dans la position des agonisants frappés par le choléra. Puis je formais à nouveau le projet insensé de retourner au monastère mais cela se résumait à regarder l'horizon jusqu'à m'en aveugler. Je suivais la course du soleil, d'une lenteur exaspérante. Pourtant la nuit ne m'apportait pas le repos ; elle était un piège, la tentation accrue du sommeil. Plus d'une fois il m'arriva de m'endormir en marchant et de chuter lourdement. Le sommeil me terrassait comme l'eût fait un lutteur. La chair réclame du pain, de l'eau, du repos, du sommeil ; elle est emplie de désirs tyranniques, jamais pleinement satisfaits ou pour fort peu de temps. J'avais su répondre à l'Appel en passant outre aux pleurs des miens, aux coups de bâton, en renonçant à vivre là où vivait Marya. J'avais surmonté l'attente aux portes du monastère puis subi les tâches les plus pénibles, la surveillance de Bénofer et la malveillance de certains frères. J'aimais Dieu, ma foi était réelle. Mise à l'épreuve du désert elle s'avéra fragile, pétrie d'orgueil et de doute. Ma présomption, mon inconséquence annoncèrent mon échec car le désert brise la force des forts et amplifie la faiblesse des faibles. Je songeais souvent à ma tâche perdue de copiste, occupé à tracer des mots, ces compagnons fidèles qui contiennent la totalité des choses de ce monde et des aperçus du Royaume éternel.

Je ne pouvais céder à la faim qui me tenaillait sans compromettre ma survie jusqu'au retour lointain de Domnine, mais résister à la fatigue fut une épreuve bien plus difficile, constante, douloureuse, décourageante. Je ne rêvais ni de nourriture ni de grandes goulées d'une eau claire et fraîche mais de sommeil, d'un sommeil profond, onctueux comme le lait battu dans la jarre. Dieu ni les anges ne dorment jamais; élus et damnés ignorent également le repos, les uns pour jouir de la contemplation éternelle de Dieu, les autres pour souffrir sans relâche. Les hommes, les bêtes du désert et celles des forêts, les arbres, les plantes, tout ce qui croît et vit sous le ciel est soumis au sommeil. Il semble acquis que les fourmis échappent à cette règle car nul n'en vit jamais endormie, mais il est vrai qu'elles vivent sous terre où peut-être elles cessent de s'affairer et prennent quelque repos. Le soleil et les astres aussi se lèvent puis se couchent, seuls les poissons ne dorment jamais car ils sont froids, insensibles à la fatigue comme à la douleur. Combattre l'endormissement revient à affronter une tempête de sable à mains nues. Je restais prisonnier de ce tombeau de chair et de sang où nous passons notre existence terrestre, pareils à ces insectes hideux qui vivent sous terre d'où ils ne sortent qu'afin de se hâter vers leur destruction. Je m'efforçais de brûler mon corps comme on calcine une plaine encombrée de végétation afin de la préparer aux récoltes futures, mais le corps et les souvenirs refusent d'être détruits, ils s'accrochent à nous comme la vermine aux mendiants d'Antioche. Oui, je l'ai déjà dit, je le redis et le redirai car c'est là une des choses les mieux partagées par les hommes.

J'étais dépourvu de cette indispensable sauvagerie envers soi-même, cette capacité à être la flamme qui se dévore et se consume afin de se faire lumière. C'est pourquoi mon séjour au désert me fut une inutile torture, c'est pourquoi on me sollicite pour participer à des conciles où il convient de polir les mots et trouver des points d'entente où règne la discorde. Je suis un homme de compromis, cela fait de moi un parfait ambassadeur. Ma bouche trouve les mots justes, les intonations propres à gommer leurs aspérités ou à les aiguiser. Jamais je ne parvins à dormir debout, appuyé à un mur ou à un arbre selon l'exemple de ceux qui surent jeûner de sommeil de même qu'ils jeûnèrent de pain. Debout, agenouillé, j'étais incapable de penser à autre chose qu'au bonheur d'être assis, de ne plus sentir chaque fibre de mon corps souffrir. Mes chevilles gonflaient, mes genoux étaient un nœud de douleur, ma vue se brouillait. Lentement je glissais vers l'inéluctable; je m'asseyais sur mes talons puis au sol et m'endormais.

Le sommeil est un ennemi redoutable car le corps lui est entièrement acquis, il s'y laisse sombrer comme une pierre en un lac. Voulu par Dieu pour que Ses créatures redécouvrent chaque matin l'étendue de Sa Création, il est utilisé par les démons pour nous replonger dans les boues du désir profane, dans l'ordure des souvenirs. La nuit, afin de ne pas dormir plus que nécessaire, je m'adossais à un tronc de palmier, une petite roche dans les mains pour m'éveiller dès que mes mains s'en dessaisiraient. Le plus souvent cela restait sans effet, je lâchais la roche et ne m'éveillais que bien plus tard, après avoir été transporté au temps où rien ne m'apparaissait plus désirable que croiser le regard de Marya. Quoique n'ayant jamais vu de créatures infernales, il m'arriva de sentir leur présence et parfois leur odeur, une insoutenable puanteur qui me suffoquait au sortir du sommeil. Je cherchais alors leurs empreintes au sol, mais seule l'odeur témoignait de leur présence. Elles existaient bel et bien, ces empreintes, mais imprimées en mon âme.

Chaque matin, je faisais un large détour pour me rendre à ma niche à nourriture afin que chaque pas me soit compté. Je prenais garde à ne pas satisfaire ma paresse en empruntant le trajet le plus court. Avec les gestes lents et maladroits d'un homme épuisé, je descellais deux ou trois briques d'argile, prélevant de quoi subsister jusqu'au lendemain. Je mangeais mon pain et un fruit sec en m'efforçant de n'y trouver aucun plaisir et finissais par observer à nouveau les fourmis, avide de voir des créatures vivantes désirant se nourrir des mêmes choses que mon corps mais ignorant qu'elles aussi s'inscrivaient dans le Dessein divin. Je me tenais là, accroupi, courbé comme un rameau desséché, les regardant s'agiter, puis je me redressais, honteux de gaspiller mon temps en me donnant en spectacle aux êtres invisibles qui m'entouraient. Je retournais ensuite au puits. Parfois je m'écroulais avant d'y parvenir, épuisé par la cinquantaine de pas que j'avais faite. Puis j'humectais mon chiffon et revenais humidifier la terre argileuse destinée à jointer ma réserve à nourriture. Cela nécessitait plusieurs allers et retours, des centaines de pas dont chacun s'inscrivait, croyais-je alors, dans la colonne du bilan portée à mon crédit. Lorsque mes jambes fléchissaient je tombais à genoux, irrésistiblement attiré non par le Ciel mais par le sol qui s'offrait comme une couche délectable. Il suffisait alors que je ferme les yeux pour m'endormir, annulant les centaines de pas qui m'avaient coûté tant de peine.

À d'innombrables reprises, tout au long du jour et de la nuit, je descendais la pièce de coton au fond du puits à l'aide de la cordelette. Je la laissais s'imbiber d'eau, cela prenait beaucoup de temps mais infiniment moins qu'il n'en faut à l'âme pour s'imbiber de la grâce divine. Souvent je somnolais, penchant vers le fond du puits comme tiré par le poids de ce chiffon, aspiré par ce tuyau d'ombre grise. J'aurais pu tomber et me rompre le cou ou mourir de faim, cela n'advint pas. À intervalles plus ou moins réguliers, je remontais ce carré de tissu pour le presser contre mes lèvres. Cette occupation m'était d'un grand secours lorsque mes paupières se fermaient et que mon corps glissait vers le sommeil, m'emportant avec lui. Cela ne suffisait pas toujours, souvent je m'éveillais couché au sol, la joue écrasée sur la terre ou contre la margelle du puits, sans aucun souvenir du moment où le sommeil m'avait foudroyé. Recueillir de l'eau m'aidait néanmoins à rester éveillé ; la monotonie des gestes à faire pour imprégner le chiffon chassait toute pensée de mon esprit, favorisant l'écoulement des heures. Imprégner ce chiffon d'humidité devint ma principale activité, avant même la prière et la lecture des Écrits saints. Penché par-dessus ce qui subsistait de la margelle, inlassablement je laissais filer la cordelette pour recueillir le presque rien d'eau qui sourdait au fond du puits et sur les parois à hauteur de deux ou trois coudées. Je recueillais de quoi humecter mes lèvres, et cette occupation se révéla être la moins inefficace de celles employées dans ma lutte constante contre l'endormissement. En réalité, il s'agissait là d'un péché de gourmandise qui s'ajoutait à mon péché de paresse. La quête de cette sensation d'humidité sur mes lèvres et dans ma bouche asséchées l'emportait sur celle de Dieu par la prière. Là aussi je me justifiais : il s'agissait de ne pas périr de soif, de ne pas mourir de faim faute de protéger suffisamment ma nourriture contre les fourmis, de briser mon corps par cette position mortifiante et ne pas m'endormir. Cela n'était pas faux mais la vérité est que cette austérité se trouva être celle que je supportais le mieux et dont je retirais une récompense, cette demi-gorgée d'eau tiède néanmoins délectable. Ainsi passais-je l'essentiel de mon temps courbé vers le fond du puits, sombre et sec comme mon âme. Il m'arriva aussi, les premiers temps, de prier à genoux sur une brique sans parvenir à l'amollir par ma sueur car ma volonté n'était pas aussi forte que celle de Syméon, elle fondait avant l'argile.

Une nuit, je m'éveillai la face en sang. Le sommeil m'avait abattu alors que je le défiais, adossé à un palmier, ma roche entre les mains. Oui, je faisais face au sommeil, cherchant son contour dans l'air si chaud que bien des choses pouvaient s'y imprimer, se rendre visible à qui savait regarder. Et souvent je le vis bien que n'en gardant aucun souvenir, car voir le sommeil c'est y succomber puis l'oublier. Une pierre acérée avait déchiré ma joue. Cela me décida à m'entourer de cailloux choisis parmi les plus tranchants, auxquels j'ajoutai des éclats de briques. La douleur me réveillait lorsque je m'endormais, me châtiant d'avoir dormi plutôt que prié. Je pensais alors aux mots lâchés par Mélèce à l'adresse de Syméon, les entraves dont on se charge sont d'autant plus lourdes que la foi est faible. Ma foi étant faiblissime, il m'était permis et même indispensable d'user d'une assistance extérieure. Mais la fatigue est plus forte que la douleur et la déchirure de mes chairs ne suffisait pas toujours à me réveiller. Ce dispositif me servit néanmoins de pénitence.

Le désert m'a brisé en une poignée de semaines, mon agonie s'est prolongée jusqu'au dernier jour, je pèse mes mots, ce fut bien une agonie, une souffrance de chaque instant, rarement illuminée d'un moment de grâce, une agonie qui dura quatre saisons entières. Je survécus jusqu'au retour de Domnine, lorsqu'il revint avec du pain et des fruits secs pour me permettre de poursuivre une nouvelle année d'ascèse. L'ayant d'abord pris pour un mirage, je fis le signe de la Croix afin qu'il se dissipât. M'étant assuré qu'il était réel, mes larmes coulèrent encore et encore. Je lui dis que je repartirais avec lui, sans inventer aucune fable. Il refusa avec raison car mon délabrement ne m'aurait pas permis de survivre au trajet. Il retourna seul au monastère d'où un novice à moi inconnu serait dépêché avec un âne afin de me ramener. C'est ainsi que, sans que ma foi soit mise en cause, je retrouvai le monastère et ma tâche de copiste, le plaisir de purger un texte de quelque maladresse pouvant bénéficier aux hérétiques.

Je savais que d'innombrables solitaires tentaient comme moi de mériter l'accès au Royaume de Dieu et s'élever vers Lui dès ce monde. Je n'en connus aucun, et lorsque les noms de certains d'entre eux me parvinrent, à mon retour au monastère, j'ignore ce qu'ils devinrent car peu de noms survivent aux destins de ceux qui y répondent, ou bien n'y répondent pas tel Macaire qui, par modestie, répondait par la négative à ceux lui demandant s'il était bien le grand Macaire. Il vécut comme vivent les pierres, s'en différenciant si peu que son humanité ne l'importuna plus.

L'éclat du nom de Syméon durera tant que durera l'humanité. Quant au mien, peut-être subsistera-t-il dans des courriers archivés à Cyr, Antioche et quelques autres cités, peut-être aussi à Rome, notamment si Dieu m'accorde de mener à bien cette *Vie de Syméon*. Et peut-être encore mes rouleaux seront-ils copiés au sein de nombreux monastères par des moines dévoués à multiplier le peuple des mots. Cela fait beaucoup de peut-être mais hormis la fin du monde et le Jugement dernier, qu'y a-t-il de vraiment assuré ? Le vol rasant des hirondelles annonce l'orage selon un savoir immémorial, et voici le ciel plus clair que jamais. Un homme imprudent tombe dans une crevasse sans dommage et celui resté à distance du bord s'effondre en portant la main à son cœur. Certains ayant vécu dans la vertu seront plongés dans la géhenne, des brigands sans foi ni loi admis au Royaume des Cieux. Il n'est aucun écrit qui ne puisse disparaître, emporté par le feu, l'eau, la vermine ou l'oubli, car les mots s'inscrivent sur de fragiles feuilles de roseau, ils ne valent qu'à raison du crédit qu'on leur accorde mais peuvent survivre aux empires.

Nous étions quelques centaines, quelques milliers peut-être, comment savoir, nombreux furent ceux dont la présence relevait de l'effacement et dont on ne trouva, longtemps après leur mort terrestre, qu'un squelette recroquevillé au creux d'un arbre, un corps momifié au fond d'une grotte. Nous ne formions pas une communauté mais une floraison, une éruption de foi parsemant les étendues arides d'Égypte et de Syrie. Le désert était un miroir où nous cherchions la face de Dieu. Les plus fous empruntèrent des chemins qui n'existaient pas, certains réussirent même à ne pas s'y perdre tout à fait. Bien d'autres leur succèdent aujourd'hui. Leurs existences ne sont que souffrance, mais d'une souffrance qu'ils fouettent afin qu'elle grandisse encore et encore pour que leur foi croisse et se fortifie avec elle. Le soleil martèle leurs faces, les privations brisent leurs membres, l'épuisement coule dans leurs veines. Leurs prières et leurs forces se perdent dans les sables du désert, leurs corps sont dévorés par les bêtes ou sèchent dans le secret de leurs repaires. Beaucoup échouent, ils périssent en quelques mois, parfois en quelques semaines, détruits par le doute, la chaleur, le manque de nourriture, d'eau, de sommeil et l'absence d'amour terrestre ; d'autres renoncent avant que leurs âmes ne deviennent aussi vides que le ciel, aussi stériles que les étendues de sable et de roches. D'autres encore résistent longtemps au souffle infernal du désert avant d'être abattus par le souvenir de l'haleine parfumée des femmes, consumés par l'absence de ces corps si proches et pourtant si différents des nôtres. Leurs âmes sont rongées puis vaincues par le souvenir de ce qu'une peau offre à une autre peau dans le silence des mots. Ils voient les dunes onduler lascivement, entendent les nuits chuchoter à leurs oreilles, sentent leur sang couler à contresens. Leur foi n'est pas mince mais le désir est une impatience qui croît dans la durée et creuse ses galeries au plus secret du cœur de l'homme jusqu'à son effondrement.

Tous suivent une voie à part, une voie qui part du désert pour s'élever jusqu'au ciel et bien souvent s'enfonce dans les ténèbres que la solitude dépose en l'âme de ceux qui, ne pouvant donner plus qu'ils ne possèdent, se brisent comme une jarre dans le four. Ceux-là, j'en fais partie, sont vaincus par les incessantes morsures du désert et du doute, le désert ayant été créé pour mettre l'homme face à lui-même et le jeter de l'éblouissement dans l'obscurité la plus profonde. D'autres tiennent bon des années durant, insubmersibles, ancrés au milieu du temps comme des écueils de foi, des rocs d'acharnement, des îlots de ferveur, avant d'être submergés et engloutis. Ce qui sépare la vie de la mort est plus épais que ce qui sépare l'extase de la folie, l'inconcevable de la réalité. Un nombre minime d'ascètes réputés être des fous, des hommes privés de raison, s'avérèrent être des saints ayant fait croire à leurs contemporains que leur foi n'était que la forme prise par leur démence. Ils évitèrent le péché d'orgueil en camouflant leur perfection au sein d'une folie simulée. Dieu reconnaît les Siens, que méconnaissent leurs proches. Mais comment distinguer la folie de la sainteté ? Les saints dérogent à la norme commune, laquelle ne parvient pas davantage à les contenir qu'un filet à carpes à circonscrire ces grands poissons précédés d'une épée qui parfois déchirent les barques. Nombre d'entre eux, tel Macaire que j'ai déjà évoqué, ne réagissent pas même à leur nom car ils sont morts au monde et le nom qu'on leur attribue est celui de l'ancien homme, lequel n'existe plus. Ils ne répondent donc pas ou nient être celui portant le nom prononcé par leurs visiteurs. Mais c'est là supposer que l'ascète se considère comme effectivement mort au monde, hors d'atteinte des dangers qui assaillent l'âme en quête de Dieu, certitude qui frôle le péché d'orgueil ; s'ils ne répondent pas à leur nom, c'est donc le plus souvent par humilité car ils ne sont rien, et le rien n'a ni nom ni passé.

Il en est cherchant volontairement la lumière au plus profond des ténèbres de l'esprit. Ayant rejeté leur raison tel un vêtement encombrant, ils errent au flanc des collines et dans les plaines, sur les rives de cours d'eau, vêtus de haillons ou de leurs seuls cheveux. Difficiles à apercevoir, presque impossibles à approcher, ils fuient les hommes et se nourrissent d'herbes, de racines, de baies ainsi que des bêtes sauvages. Leur corps, ils le maintiennent en vie grâce aux seuls biens de la terre offerts par Dieu, rejetant toute chose issue du labeur de l'homme car les heures passées à cultiver la terre, cuire les galettes, traire les chèvres ou façonner l'argile sont autant d'heures volées au Créateur de tout ce qui fut, est et sera. Ces ermites farouches sont communément appelés saints brouteurs par les populations habitant en leurs parages, lesquelles ne distinguent pas toujours nettement la sainteté des comportements extravagants. On reconnaît l'arbre à ses fruits mais de nombreuses saisons sont nécessaires pour juger de leur vraie nature ; tels sont âcres qui paraissaient de miel, d'autres réjouissent qu'on n'aurait pas jeté aux pourceaux. Beaucoup de ces brouteurs hantent les montagnes de l'Amanus où ils se déplacent à quatre pattes et lapent l'eau des sources. L'hiver, ils se creusent des tanières jusqu'à ce que leurs doigts deviennent des moignons sanglants par où bien souvent arrive la mort, noire et suintante. Tout à la fois admirables et effrayants à regarder dans le dénuement de leur corps et de leur regard, ils tentent de ne plus penser, abandonnent par modestie jusqu'à l'espérance, mais une modestie aussi démesurée n'est que l'ombre portée d'un orgueil tapi au plus sombre de l'âme. Ils recherchent les brûlures du soleil en été, l'ombre glacée en hiver, avec les nuages pour seules couvertures. Ceux-là sont les ouvriers de l'oubli. L'oubli de soi, l'oubli de l'humanité, l'oubli que le Christ Lui-même s'est fait homme. Il n'a pas demandé que l'homme se défasse, non, Il l'a appelé à accomplir son humanité conformément au projet divin. Cette animalisation me déplaît fortement, je ne l'ai jamais caché.

Non seulement les brouteurs mais nombre de ceux qui vivent dans des arbres sans jamais en descendre, priant et jeûnant de branche en branche, nombre de ceux qui persistent au fond de trous ou de grottes sans jamais en sortir ou qui se chargent de chaînes, beaucoup de ces solitaires oublient jusqu'à leur appartenance à l'humanité et jusqu'au sens de leur quête. Ainsi en est-il de ceux qui habitent des troncs évidés, vivant de la générosité ou de la pitié de villageois et qui se laissent absorber par une nuit profonde comme celle où plongent les racines des cèdres devenus leurs demeures. Leurs cheveux, leurs barbes, leurs ongles croissent plus vite que leur avancée vers le Royaume de Dieu, mais ceux que le spectacle de la démesure impressionne, la vision de ces solitaires s'imprime profondément dans leur esprit et les renvoie au peu de soin qu'eux-mêmes prennent de leur âme. L'humanité est active et soucieuse de récolter rapidement et sûrement le fruit de ses efforts. Elle aime les certitudes, que du grain semé sorte la plante et de celle-ci la farine dont on fait le pain. Villageois, fellahs, bergers, pèlerins, chameliers, artisans, bateliers, pêcheurs, esclaves, criminels, soldats et jusqu'aux puissants de ce monde, tous admirent ces athlètes de l'exil. Les brouteurs s'animalisent, stationnaires et stylites se minéralisent, les reclus se font ombre et silence. Oui, le désert est une vaste arène où chacun se combat lui-même en choisissant sa spécialité tels les gladiateurs, rétiaires, thraces, secutors, bestiaires, lesquels distraient ceux qui préfèrent les spectacles du cirque au salut de leur âme. Certains de ces ascètes sont des fous ou des demi-fous, soit, mais ceux qui gardent suffisamment de mots pour commenter leur folie, ceux dont la constance dans l'oraison est suffisamment éloquente, ces demi-fous, comment nommer l'autre moitié de cela qui les constitue, quel mot mettre sur cela qui échappe à la raison et à l'expérience communes ? Que poser sur l'autre plateau de la balance ? L'homme n'est pas sécable comme une galette de blé, en lui se mêlent toutes les saisons, une part de lui verdoie quand une autre est prise dans les glaces, sa bouche dit une chose et ses yeux le contraire. Oui, que mettre dans l'autre plateau et qui posera cette chose, qui la nommera, en vertu de quelle autorité ? Dieu est infiniment plus grand que l'imagination la plus féconde, c'est pourquoi nous ne savons rien ou presque rien, et ce peu que nous savons, à quoi bon le connaître s'il ne sert pas à notre salut ?

Moi-même, quelle apparence offrais-je lorsque au temps désormais lointain de ma retraite dans le désert d'Alep les mots peuplèrent ma solitude, lui donnant une voix étrangère à mes propres oreilles car la bouche désapprend vite à former des sons que personne ne saurait entendre et que Dieu entend avant même qu'ils soient formés ? Lorsque des phrases profanes, incohérentes, s'échappaient de mes lèvres desséchées ? Lorsque je m'infligeais des châtiments pour m'être laissé distraire par ce pouvoir des mots à m'enfermer en eux, récitant jusqu'à l'épuisement des Psaumes choisis parmi les plus arides, ceux que la poésie n'avait pas contaminés de sa trompeuse évidence ? Lorsque je me perdais dans la contemplation de fourmis ? Lorsque je semblais pêcher dans un puits asséché à l'aide d'un morceau d'étoffe ? Oui, qu'en aurait conclu celui m'ayant alors observé ?

La mort terrestre de Syméon le figea dans une de ses positions accoutumées. Deux jours s'écoulèrent avant qu'Antoine ne s'inquiète de son immobilité tant il était habitué à le voir rester de longues heures en oraison, debout les bras en croix ou bien agenouillé, position dans laquelle il mourut. Beaucoup crurent à un nouvel exploit et reportèrent leur départ afin de savoir combien de temps il tiendrait ainsi sans bouger, sans dormir, sans boire ni manger. Après deux jours et deux nuits, l'inquiétude grandissant, un certain Dioscore gravit l'échelle accolée à la colonne malgré l'opposition d'Antoine et découvrit que le Seigneur l'avait rappelé à Lui. Syméon mourut en l'an 462, à l'âge de soixante-neuf ans dont seize vécus au sommet de sa dernière colonne sans jamais en descendre. Ce Dioscore fut le premier à voir la dépouille de Syméon et à se hisser au niveau de la plate-forme sans être assailli par les mouches ni la puanteur. En effet, il émanait du corps de Syméon de délicieux effluves, preuve irréfutable de la grâce toute particulière qu'il s'était attirée et qui fit croire à ce Dioscore qu'il respirait l'air du Paradis ! Vivant, Syméon pua comme une charogne, mort il embauma tel un buisson de roses. Ce parfum ne dut pas résister à la descente de la dépouille au niveau du sol, car celle-ci sentit ce que sentent les dépouilles, je peux en témoigner. Ce Dioscore, ou ceux lui ayant attribué ces propos, ajoutèrent cette odeur de sainteté à la longue liste des miracles réputés avoir accompagné Syméon tout au long de sa vie, et au-delà.

La nouvelle de sa mort se répandit rapidement en suivant ces canaux mystérieux qui font du désert une vaste caisse de résonance. Je me trouvais à Antioche avec plusieurs de mes pairs pour dresser une nouvelle liste des écrits hérétiques à proscrire lorsque me parvint cette nouvelle inouïe, difficile à concevoir car les austérités que Syméon s'infligeait auraient dû le tuer depuis si longtemps que son invulnérabilité semblait acquise. Il vécut tellement en marge de la condition commune que sa mort introduisit une étrangeté dans l'ordre des choses. Les montagnes sont faites pour durer, les fleuves pour couler, Syméon pour être la lampe qui éclaire depuis les hauteurs de son lampadaire de pierre et de foi. Son nom rassemble désormais tout cela : il durera ici-bas tant que durera l'humanité, coulera de génération en génération pour irriguer les âmes, éclairera ceux qui doutent. Oui, son nom irradia de son vivant et plus encore lorsqu'il eut gagné sa patrie céleste. Denses étaient les foules amassées au pied de sa colonne, innombrables furent celles convergeant vers Qala'at Sema'a de partout. Dès que la nouvelle lui parvint, Martyrius, évêque d'Antioche, se mit en route en compagnie de six autres évêques dont moi-même. Homme prudent, peu porté à agir sans s'entourer de toutes les précautions nécessaires, Martyrius demanda à Ardabur, gouverneur militaire d'Antioche, de lui fournir une suite de deux cents soldats. Il est vrai qu'il ne s'agissait pas seulement de prévenir les troubles habituels qu'occasionnent les rassemblements de personnes en proie à une grande émotion. Cette foule comprenait de nombreux hérétiques, des partisans de la très abominable et très erronée doctrine des monophysites. La dépouille devait être conduite sous bonne garde à Antioche, loin de ces hérétiques dont la pensée dévoyée ne voit pas de contradiction entre leur grande adoration de Syméon et l'hostilité de celui-ci à leur doctrine comme le prouve sa lettre à l'empereur Léon de Constantinople en faveur du synode de Chalcédon, dictée à un scribe de confiance ayant scrupuleusement reporté les paroles du saint. Nous voyageâmes avec rapidité et une certaine inquiétude, scrutant le ciel car cette mort pouvait être annonciatrice de calamités dévastatrices. Notre convoi atteignit Qala'at Sema'a en trois jours, juste avant la tombée de la nuit. Nous vîmes de loin la colonne se découper sur un ciel rougeoyant, et cette vision fit courir un long frisson sur notre troupe. La foule amassée au pied du lampadaire divin dépassait de beaucoup le millier de personnes. De nombreux cris et pleurs témoignaient de l'affliction de ces hommes de toutes conditions, vêtus de haillons ou de riches étoffes, voyageant à pied, à dos d'âne ou de chameau et même à cheval, tous profondément émus par l'extinction de cette flamme ayant si longtemps brûlé depuis le faîte de son cierge de pierre. Et en effet le corps du saint était recroquevillé telle une mèche éteinte. Une foi inébranlable avait rayonné au-delà des déserts, des montagnes et des océans depuis cette colonne émergeant de la roche comme le saint du vieil homme. Une poignée d'hérétiques haranguaient la foule afin qu'elle ne permette pas à Martyrius de s'emparer de la dépouille du saint, laquelle, affirmaient-ils, serait portée au Ciel la nuit suivante par douze anges et deux archanges. La vue des soldats convainquit ceux prêts à croire ces propos d'une réalité plus immédiate que celle de la délégation céleste. Que n'ai-je lu et entendu sur les cortèges d'anges descendus du Ciel pour escorter le cercueil de Syméon en soufflant dans des trompettes ! Je pense alors à mon ancien travail de copiste, lorsque je remettais aux enlumineurs les rouleaux portant les textes dont j'avais reproduit chaque mot avec la plus grande ferveur tant ils étaient beaux et nécessaires à l'édification des croyants comme à celle des égarés. Certains de ces rouleaux furent décorés avec tant d'art que le texte passa au second plan comme il en advient souvent avec les artifices de la séduction, fût-elle déployée avec les intentions les plus louables. Il en va de même avec la vie de Syméon pour ceux qui accordent plus d'importance à des miracles supposés qu'à une existence entièrement vouée à Dieu, une ascèse si extrême que la survie de Syméon constitue en elle-même un miracle continu. Les anges ne se montrent qu'à de rares élus et leur apparition est à la mesure de leur puissance, terrifiante. Messagers, soldats de Dieu, ils resplendissent au-delà des mots, la lumière qui les constitue est au soleil ce que l'océan est à la goutte de rosée, la nuit profonde à l'ombre d'un roseau.

Je constatai que la corbeille et la cruche ayant servi à maintenir le corps de Syméon en vie avaient disparu, ainsi que les cordelettes les reliant au balustre. Antoine se tenait prostré au pied de la colonne, indifférent à ce qui se passait autour de lui. Syméon lui-même aurait disparu s'il avait été abandonné à la vorace dévotion de la foule, car chacun convoitait une relique du saint afin de se prémunir contre l'adversité, ainsi que sa tribu, sa famille, ses biens, ses terres, ses troupeaux. La dépouille fut descendue à l'aide de cordes et enveloppée d'un linge blanc orné d'une croix. Un grand silence s'abattit sur l'univers au moment où le corps quitta la plate-forme. Il fut ensuite déposé dans un cercueil de plomb autour duquel se pressa la foule, contenue par les soldats. Une garde prit position autour de la colonne et de l'échelle après avoir chassé ceux qui tentaient d'en prélever un morceau. Je regardai longuement ce visage raboté par le désert et les austérités qui ne se différenciait en rien de celui des autres solitaires qu'il m'a été donné de voir, qu'ils soient morts ou vivants. C'était pourtant celui d'un homme dont l'ascèse conduisit des dizaines de milliers de païens à se convertir et à écouter ses enseignements, celui d'un ancien berger analphabète dont la parole fut pieusement recueillie par l'empereur Théodose II et l'impératrice Aelia Eudocia, le roi de Perse, sainte Geneviève de Paris et tant d'autres grands de ce monde, par le trône ou par la foi. Une grande tristesse étreignit mon cœur. La multitude communia dans un silence absolu tandis que la nuit lentement prenait son dû. Puis des cris se firent entendre, bientôt accompagnés d'exclamations qui firent se rassembler les soldats d'Ardabur pour faire face à un nuage de poussière venu de l'est. Des dizaines de ces Sarrasins convertis par Syméon se présentèrent en rangs serrés, montés sur des chameaux écumants. Ils foncèrent sur la foule qui se dispersa en hurlant puis ralentirent et stoppèrent lorsqu'ils virent les hommes d'Ardabur. L'un d'entre eux, instruit de notre langue, exigea que leur soit remise la dépouille afin que leur tribu conserve la protection apportée par la présence du saint. Martyrius, dont la langue était tout à la fois assouplie et acérée par de nombreux conciles et par les nécessités de sa charge, entreprit de les convaincre que cette protection continuerait à s'étendre sur tous ceux croyant sincèrement en Notre Seigneur Jésus-Christ, lequel participait de la nature divine de Son Père tout en étant pleinement homme, à la condition qu'ils obéissent à leurs représentants sur terre, les évêques. Je doute fort que ce Sarrasin ait compris le message dans toute sa portée, mais il saisit que deux cents lames étaient prêtes à sortir de leur fourreau. Il traduisit longuement en agitant les bras, provoquant la colère de son chef, dont la main ne quitta pas la poignée de son sabre, ni la colère ses yeux. Homme d'expérience, habile à ménager ses effets, Martyrius alla prélever quelques poils de la barbe de Syméon, qu'il remit cérémonieusement au chef des Sarrasins, lequel lâcha son sabre pour porter sa main droite à son cœur afin de remercier. Il déposa cette relique dans un tissu qu'il enfouit sous sa tunique et saisit à nouveau la poignée de son sabre en vociférant. Martyrius, prenant toutes les apparences de qui se rend à une force et une volonté supérieures, comme si les deux cents hommes d'Ardabur étaient des Sarrasins et la quarantaine de Sarrasins ses soldats, accorda à leur chef que la garde de la colonne de Syméon soit assurée par sa tribu. C'était là l'assurance de jouir de la faveur divine pour les siècles des siècles et, ajouta-t-il pour emporter l'affaire, de montrer à tous qu'ils étaient les maîtres de la région. Il sembla concéder ce privilège avec la plus grande répugnance ; il se voûta, laissa pendre ses bras, baissa la voix comme font les vaincus. Les Sarrasins, dont chacun connaît le désir de gloriole, furent très satisfaits de cette proposition qu'ils saluèrent en hululant et mirent en œuvre sur-le-champ, allant, non sans quelques provocations, relever les hommes d'Ardabur au pied de la colonne. Martyrius avait agi avec sa sagesse accoutumée en ménageant ces nouveaux convertis dont la dévotion à Syméon n'était que fort peu éloignée de celle qu'ils portaient encore récemment à leurs idoles de bois, mais qu'il convenait de maintenir au sein de l'Église. Le cercueil fut ensuite déposé sur un char et veillé toute la nuit. Une grande partie de la foule l'escorta dès le lever du jour en direction d'Antioche tandis que trois à quatre cents personnes se dirigèrent vers d'autres cités ou villages, où elles répandirent la nouvelle de la mort du saint et des miracles dont elles avaient été les témoins ou les dépositaires directs. Le trajet se transforma en une procession progressant dans un nuage d'encens d'où s'éleva la rumeur croissante de cette mer d'âmes éplorées qui chantaient pour accompagner l'âme de Syméon en son séjour céleste. Des centaines d'habitants d'Antioche se portèrent à la rencontre de la procession, tous vêtus de blanc, portant cierges et flambeaux de telle sorte que cette ville jamais n'oubliera pareilles splendeurs. La foule grossit comme les fleuves après les orages d'automne au point qu'ayant atteint Antioche, les rues de cette cité furent gorgées d'hommes et de femmes en pleurs et que l'on n'y progressait qu'avec les pires difficultés. Le cercueil fut amené en l'église de Kassianos où il resta sous bonne garde trente jours durant. L'empereur Léon fit savoir que la dépouille serait conduite à Constantinople, ce qui provoqua une grande agitation dans tous les quartiers d'Antioche, car nul ne pouvait concevoir que Syméon repose ailleurs qu'en la cathédrale où, après avoir passé trente jours et trente nuits en l'église de Kassianos, il devait être conduit pour y rejoindre son tombeau, auquel travaillaient les meilleurs ouvriers de la cité. Un des miracles de Syméon et dont il convient de ne pas douter est cette adoration profonde qu'il suscita, cette ferveur qui unit les personnes et les peuples les plus divers autour de la perfection de son existence terrestre. Les habitants d'Antioche supplièrent Léon de ne pas leur ôter ce trésor inestimable, car ils avaient déjà beaucoup souffert, et la présence de Syméon leur tiendrait lieu de protection. En effet, un terrible tremblement de terre avait secoué cette ville, lui arrachant de nombreuses vies et détruisant ses remparts. Léon sut entendre cette demande. Désireux de se ménager cette puissante cité, il renonça à la priver de la dépouille et vint se recueillir devant le cercueil. Et il est vrai qu'Antioche connaît depuis lors une prospérité inégalée, quelles qu'en soient la ou les raisons.

Syméon ayant proscrit leur présence, aucune femme ne le vit de son vivant sinon, de loin, quelques villageoises de Telanissos et peut-être aussi quelques-unes travesties en hommes, mais nombreuses furent celles qui défilèrent en larmes devant son cercueil dès son arrivée à Antioche sans que n'advienne aucun signe manifestant le mécontentement du saint. Il avait désormais quitté ce corps haï, plus rien ne pouvait l'atteindre. L'interdiction, que jamais il ne leva, quant à la présence des femmes, a parfois été interprétée comme une faiblesse telle que celle relevée par Mécène à propos de la contrainte physique destinée à écarter toute tentation afin de ne pas y succomber. C'est là ne pas connaître la puissance de sa volonté et l'étendue de sa modestie, car Syméon ne redouta pas plus la séduction des femmes qu'aucune autre.

En interdisant la présence des démons sous cette forme, il les prévint d'user de cette ruse à laquelle il n'aurait certes pas succombé, évitant de la sorte, par une modestie agréable à Dieu, d'obtenir sur eux une trop facile victoire. Peut-être aussi voulut-il empêcher qu'ils ne se vengent de leur échec en s'en prenant au jeune Antoine qui fut son disciple le plus proche, le plus nécessaire, car lui seul savait à quel moment transmettre à Syméon eau et nourriture.

Cette *Vie de Syméon* touche à son terme. Si je n'ai pas failli à ma tâche, chacun aura mesuré la portée des exploits réalisés par Syméon tout au long de son existence terrestre. Dès demain je remettrai ces rouleaux au prieur afin qu'il en fasse exécuter suffisamment de copies pour que ce témoignage se répande et fasse autorité car il est véridique de bout en bout. Je retournerai ensuite à Cyr en emportant la brique d'argile portant l'empreinte et la sueur de Syméon. Bien souvent elle me fut difficile à seulement regarder, bien souvent aussi elle m'emporta l'âme dans un élan d'admiration. Offerte à l'empereur Léon, elle deviendra la brique fondatrice de l'extension de ce monastère d'où Syméon fut exclu pour avoir imprimé en elle la marque désormais éternelle de sa foi. Quant à moi, mon corps est las. Il a oublié les quatre-vingt-deux printemps qui l'ont traversé, non les quatre-vingt-trois hivers accumulés en ses os. Seule ma mémoire demeure vive. Oui, ce corps s'affaisse comme s'affaisse ce monde, et Téléda n'échappe pas à cette dégradation générale. En quelques années, peu après que le Seigneur eut rappelé à lui Héliodore, la règle du monastère s'est fissurée. Ainsi les moines ne sont-ils plus tenus de suspendre leurs activités au premier appel de la cloche. Certes, des accidents tel celui ayant conduit à la brûlure de Syméon se produisent de temps à autre. Palamon, le nouvel higoumène, a jugé bon de les prévenir, ce qui revient à vouloir aménager la Providence selon la volonté humaine. Pourtant, personne ne saurait envisager de changer la couleur du ciel ni d'atténuer le fracas de la foudre. Ce même Palamon juge trop nombreuses les tombes mentionnant la formule rituelle : « Ici repose un pêcheur repenti. » Sur ce point je le rejoins car la bastonnade a pour objet de châtier afin d'améliorer, non d'occire comme le furent ceux reposant sous cette mention, par des prieurs ayant passé la mesure. La bastonnade doit être ferme mais non mortelle ni estropier, voilà ma position. Elle ne doit cependant pas se transformer en un tapotement amical. Las, l'arbre d'obéissance perd de sa sève, il devient semblable à un arbre en hiver. Les coups de bâton se font moins nombreux, plus doux. C'est là une grave erreur, de ne pas user du bâton avec la même détermination que le pilote use du gouvernail pour maintenir le navire dans la bonne direction en évitant les innombrables écueils qui déchirent les coques, en contournant les bancs de sable où faute de repères fermes le bateau s'enlise. Il est juste de briser autant de fois que nécessaire, c'est-à-dire souvent, cette carapace qui se forme autour du postulant, du novice ou du moine afin de hâter puis maintenir sa totale dissolution dans la règle. Oui, tous ces renoncements s'accumulent et au-dehors les hérésies prolifèrent comme les sauterelles après les sécheresses, le monde court à sa perte avec frénésie. Le temps qui me reste, je veux le consacrer à combattre les écrits hérétiques. Il convient de les saisir et de les brûler, ainsi que leurs auteurs, afin que leurs graines toxiques n'ensemencent pas les esprits faibles. Mes derniers séjours à Téléda ont souvent été écourtés par quelque messager m'informant de la défaillance d'une communauté contaminée par quelque idée nouvelle et donc fausse, ou par la nomination à la cour de quelque intrigant ayant su capter l'oreille d'un dignitaire, voire celle de l'empereur lui-même.

Voici ce que je peux encore ajouter : le temps terrestre n'a pas de profondeur, il n'est qu'une surface où nous glissons, saisis par l'intensité de certains instants, abasourdis par la fugacité d'une existence. Nous sommes des enfants puis très vite d'anciens enfants aux peaux ridées, aux yeux tristes, et qui perdent jusqu'au souvenir de ces années où le poids du péché n'était qu'une pierre enfouie au creux de leurs rires, un sillon tracé au creux de leur être. À peine arrivés nous devons nous préparer à rendre des comptes, et notre faiblesse s'avère sans limite, elle est le seul infini que nous pouvons connaître ici-bas, sidérant comme une étoile noire plus noire que la nuit la plus noire.

L'auteur remercie Marie-Thérèse Champesme pour son accueil à la Villa La Brugère.

Achevé d'imprimer sur Roto-Page
en mai 2019
par l'Imprimerie Floch à Mayenne
N° d'éditeur : 2652 – N° d'édition : 356129
N° d'imprimeur : 94441
Dépôt légal : août 2019

Imprimé en France